Le Vieux qui ne voulait pas oublier

Voyage en Nostalgie

Pierre-Alain GASSE

Roman

1
Genèse

Je m'appelle Pierre Marchand, horloger-bijoutier à la retraite, et je vais sur mes soixante-dix-sept ans.

Lorsque ma femme doit entrer à l'hôpital, au seuil de ses soixante-quinze ans, je ne m'inquiète pas outre mesure. Elle n'a jamais connu la maladie et rarement vu le médecin. Mais ses os se sont fragilisés et voilà qu'une prothèse de hanche s'avère nécessaire. Ce sera l'affaire de quelques jours.

Lorsque le téléphone sonne de bon matin, au lendemain de l'intervention, je peste d'abord en mon for intérieur avant d'être pris d'une légère inquiétude. La nuit se serait-elle mal passée ?

Lorsqu'avec ménagements on m'annonce qu'une septicémie foudroyante a emporté mon épouse dans la nuit, je tombe des nues et m'effondre sur le premier siège venu. Depuis l'enfance, c'est moi le souffrant, le mal-portant, le plaignant ; alors, pourquoi l'Ankou a-t-il fauché Jeanne et pas moi ?

Cette injustice m'afflige presque autant que la perte de ma moitié, après soixante ans de vie commune ! Quand nous nous sommes connus, elle n'avait que quinze ans et moi dix-sept. C'était à l'été 36, celui des premiers congés payés. Avec nos familles respectives, nous avions vécu la découverte des vacances et du camping sur la côte de Goëlo, dans l'anse de Bréhec. Et la naissance d'un amour fou que nous avions consommé sans plus attendre, dans l'enthousiasme de cet été formidable. Lorsque nos parents s'étaient avisés des proportions de l'idylle, il était trop tard pour freiner nos ardeurs. À la fin du mois d'août, Jeanne n'eut pas ses règles et il fallut bien prendre des dispositions. Hélas, l'avortement pratiqué par la « faiseuse d'anges » locale la laissa incapable d'avoir d'autres enfants.

Ce fut notre croix. Alors, pendant la Seconde Guerre mondiale, en 1942, quand Jeanne fut devenue majeure et que nous pûmes nous marier en toute légalité, nous avions recueilli un enfant juif de quatre ans, que nous finirions par adopter lorsqu'il fut établi que ses parents avaient péri à Auschwitz. Paul ne saura que bien après la fin de la guerre qu'il s'appelait en réalité Joshua Meyer, fils d'un bijoutier de Dresde.

Mais Paul est mort il y a dix ans maintenant d'un infarctus du myocarde. Il fumait trop. Veuf et sans enfant.

Aujourd'hui, je me retrouve seul avec mes souvenirs.

Passés les tracas du décès, ne restent plus que l'affliction et une vie de routine rythmée par mes visites quotidiennes au cimetière sur la tombe de granit rose de Jeanne.

Cette année, revenu le temps des vacances, je suis saisi d'un doute : vais-je remiser définitivement les équipements avec lesquels Jeanne et moi avons sillonné la France pendant toutes ces années ? La tentation du découragement et la voix d'une certaine raison sont fortes. La décision de laisser tomber et de passer l'été au frais dans ma maison de Saint-Laurent m'apparaît souhaitable. Elle est presque prise lorsque je décide d'aller quand même en discuter avec Jeanne. Non pas que je croie qu'elle puisse m'entendre, non, j'ai toujours considéré que le ciel est vide et je sais bien que ce n'est qu'une autre manière de conférer avec moi-même, mais enfin au nom de quoi les athées n'auraient-ils pas le droit de parler à leurs morts ?

Et là, debout au milieu des tombes, entre les gerbes fraîches ou flétries et les souvenirs de granit et de bronze, au bout d'une dizaine de minutes de monologue intérieur, une idée me vient. Tout d'un coup, je sais ce que je vais faire de mon été et je reprends d'un pas accéléré le chemin de la maison, sans même me retourner pour lancer un baiser à Jeanne, comme d'ordinaire.

2
Éblouissement

C'est en essayant d'assembler le puzzle de nos étés passés que j'ai eu l'étincelle qui me redonne envie d'aller encore de l'avant. Mentalement, j'ai des difficultés à reconstituer l'enchaînement de nos vacances au fil des ans. Je dois m'aider de mes vieux agendas, de mes premiers clichés 6x6, 6x9 ou 9x12 ordonnés dans de gros albums cartonnés ainsi que de mes boîtes de diapositives Perutz, Fuji et surtout Kodak pour retrouver une série, pas continue, non – il y a eu des interruptions pour diverses raisons, dont la guerre – mais quasiment complète.

Une fois reportée sur ma vieille carte Michelin, toute déchirée à force d'être dépliée et repliée, cela dessine un « Tour de France » de plus de cinq mille kilomètres, en trente étapes (certaines ont été visitées plusieurs fois) où nous avons séjourné de une à trois semaines. Toujours à la recherche de coins plus ensoleillés que notre humide et ventée Bretagne, j'ai la surprise de constater que nous avons ignoré des pans entiers du pays (toute ma Normandie natale, le Nord et l'Est jusqu'au Jura, ainsi que, curieusement, toute la Côte Atlantique au-dessous de La Rochelle, jusqu'au Pays basque). Des régions que nous avons traversées ou visitées à l'occasion, mais sans nous y attarder.

Le point de départ de toute cette aventure, je ne peux l'oublier, c'est un champ tout juste fauché en surplomb de l'anse de Bréhec où no familles étaient arrivés le 1er août 1936 pour deux semaines de « congés payés », dans l'euphorie des conquêtes ouvrières récentes. Nos pères, forts de leur expérience de soldats de 14-18, y avaient construit des latrines, ainsi qu'une douche de fortune qui fonctionnait avec un arrosoir derrière des canisses ! Deux tentes canadiennes Trigano de quatre places, une bleue et une orange, avaient été déchargées de la galerie de la Celtastandard Renault et de la Citroën C4 et montées sur un replat ; l'intendance, réduite au minimum, regroupée sous un auvent. Nul arbre pour fournir de l'ombre ; des épines blanches, des genêts, des ajoncs et des ronces autour du champ. Devant le campement, dans une déclivité, abrité des vents dominants d'ouest, un foyer avait été construit avec des pierres retirées du muret qui ceinturait le champ. Deux tâches étaient prioritaires : la corvée d'eau au puits le plus proche et celle de bois sec pour alimenter le feu. C'est comme ça que Jeanne et moi avons lié connaissance, sommés par nos parents d'apporter, bon gré mal gré, notre contribution à la vie du campement.

Encore mal à l'aise dans nos corps d'adolescents, au départ, nous nous sommes regardés en chiens de faïence et nos premiers dialogues ont été aussi succincts qu'empreints d'un mélange d'attrait et de répulsion. Jeanne n'aime pas mes jambes malingres un peu trop poilues et moi je trouve qu'elle a de grands pieds et un nez à piquer les gaufrettes ! Mais

Jeanne a du mal à détacher ses yeux pervenche des miens, d'un bleu plus sombre, et mon regard est comme aimanté malgré lui vers les courbes affolantes de Jeanne !

Après les corvées d'eau et de bois, nous avons partagé des parties de Jokari sur la plage et des jeux d'ados idiots dans les vagues, une fois surmontée l'appréhension du début. Pour tous ceux éloignés « du bord de mer », la Manche est un univers aussi merveilleux qu'inquiétant ; inquiétantes sa rumeur continue et ses colères soudaines, merveilleux, les embruns sur la peau, le goût de sel sur les lèvres, le vent dans les cheveux, le sable entre les orteils, autant de sensations jusqu'alors inconnues de Jeanne, dont les parents vivent au Mans, mais familières pour moi habite la baie de Saint-Brieuc. Et fort de mon expérience, je guide Jeanne dans sa découverte du rivage en vieil habitué et lui apprends à trouver les passages vers l'eau à travers les rochers couverts de berniques pointues et de moules minuscules qui meurtrissent l'épiderme, en lui prenant la main.

À lézarder sur le sable, nous attrapons de sérieux coups de soleil ; notre peau blanche n'est pas endurcie et qui se méfie alors des ardeurs de l'astre du jour ? On le révère, on ne le craint pas encore.

Au bout d'une semaine, la cohabitation forcée du début est devenue une fréquentation volontaire de presque tous les instants et un après-midi que nous nous séchons sur la plage, étendus sur notre serviette, chapeau et bob sur les yeux, après des ébats de chiens fous dans les vagues, la main de Jeanne vient frôler la mienne sur le sable. Je crois que c'est involontaire et recule la mienne, mais les doigts de Jeanne reviennent toucher les miens.

Il y a alors un moment de temps suspendu, où plus rien n'a d'importance que deux cœurs cognant sous des peaux avides de se toucher. Comme à l'unisson, nous nous tournons l'un vers l'autre et c'est notre premier baiser, maladroit et emprunté, rapide et gauche, suivi de beaucoup d'autres, plus fougueux et passionnés, jusqu'à ce que nous prenions conscience de l'endroit où nous sommes et des regards qui peuvent nous observer.

Qui pourrait oublier cela ?

3
Jeudi 1ᵉʳ août 1996

L'été brûle jusque dans les Côtes-d'Armor. j'ai chargé dans le coffre de ma vieille DS 21 décapotable la dernière tente que Jeanne et moi avons utilisée, l'année de ses soixante ans. Finis les armatures à emboîter et les ressorts qui cassent, la toile à déplier et replier. C'était une tente dôme à arceaux en fibre de verre. Rien à voir avec les premières canadiennes qu'on avait connues. Beaucoup plus facile et rapide à monter ! Et puis, un lit de camp ; à mon âge, coucher sur le dur est devenu trop inconfortable. Mon duvet de toujours, dont la fermeture éclair menace de rendre l'âme. Un minimum de matériel de cuisine, regroupé dans une petite cantine. Et une valise à roulettes contenant quelques vêtements de rechange, des sous-vêtements, des mouchoirs et deux maillots de bain. Tels sont mes bagages.

Le matin du premier août, le ciel est clair et un petit vent d'est rafraîchit l'atmosphère lorsque je prends la route pour Bréhec. Les vacanciers, déjà nombreux, se retournent sur ma DS crème et café, une lubie de Jeanne à l'époque, à laquelle j'avais cédé. C'est devenu un véhicule de collection qu'on m'envie souvent et pour lequel j'ai déjà refusé d'alléchantes propositions.

Avec une automobile de ce style, on pourrait s'attendre à me voir m'arrêter dans des hôtels de standing. À la réception des campings, chaque fois on pense que je viens pour un renseignement et quand je demande un emplacement pour une tente, on me fait répéter par crainte d'avoir mal compris.

Après une petite demi-heure de route, les hauteurs de Plouha apparaissent et bientôt le virage au-dessus duquel nous nous étions installés Jeanne et moi, soixante ans plus tôt. Notre champ est devenu un camping privé : Les Tamaris. Je m'engage sans hésiter dans le chemin d'accès et me gare devant la réception.

Panama en tête, en chemisette à fleurs, bermuda et sandales, je pense avoir encore belle allure, en dépit de mes soixante-dix-sept ans. Je soulève mon chapeau en entrant dans le bungalow. L'hôtesse me répond :

— Bonjour, monsieur. C'est pourquoi ?

— Je voudrais un emplacement pour une petite tente, avec vue sur mer, si c'est encore possible, et dans l'idéal, un peu d'ombre.

— Vous demandez beaucoup !

— Le privilège de l'âge, mademoiselle !

— Deux personnes ?

— Hélas, non, mademoiselle ! Je suis veuf.

— Je regarde ce qui me reste.

La jeune femme, après m'avoir dévisagé quelques instants comme un client pas ordinaire, se retourne vers le plan, punaisé au mur, et regarde les épingles de couleur qui parsèment le tracé du camp :

vertes pour les tentes, de plus en plus rares ; rouges pour les caravanes, en nombre encore respectable, et bleues pour les mobile homes, de loin les plus abondants, sur les 250 emplacements du camping.

— Vous avez de la chance. Je crois que j'ai ce qu'il vous faut, au pied d'une haie qui vous abritera du soleil de l'après-midi, avec vue sur l'anse effectivement. Elle a été libérée ce matin par des motards.

— Je prends.

Soixante ans ont passé. J'ai un peu de mal à m'y reconnaître. Je n'étais pas revenu ici depuis les années soixante-dix. Certes, les masses du paysage n'ont pas changé, c'est toujours Plouézec à gauche et Plouha, à droite, et le havre, enserré entre les falaises, mais tout un tas de constructions se sont rajoutées, avant l'heureux coup d'arrêt porté par la loi Littoral d'il y a dix ans. Je dois fermer les yeux pour retrouver les images de l'été 36. Comment en serait-il autrement ? Une fois installé, je décide de descendre faire trempette à marée haute, oh, les pieds seulement, ici l'eau est froide et je crains l'hydrocution. Un escalier a été aménagé là où il n'y avait qu'un sentier de chèvres. La descente à la plage est facile.

Mais la remontée est quand même raide ! Je dois utiliser le banc prévu à mi-côte. J'entends mon cœur qui bat fort. Pour au moins deux raisons. Les souvenirs et l'âge ! Ou l'inverse.

Le jour décline. Il va falloir songer à l'intendance. Ce soir, plus besoin de chauffer ma popote au feu de bois comme jadis ; je dînerai d'une demi-pizza et d'une bière, achetées à l'épicerie du camping. C'est plus pratique, mais tellement moins poétique !

4
Vendredi 2 août 1996

Moralement parlant, la première nuit de mon « pèlerinage » est quelque peu inconfortable. Malgré une longue promenade digestive au clair de lune, je me tourne et retourne nombre de fois sur mon lit de camp avant que le sommeil ne m'emporte. Trop de souvenirs des premiers jours heureux avec Jeanne peuplent mon esprit et me tourmentent. Je m'interroge sur ma capacité à supporter la charge émotionnelle de ce voyage si toutes les nuits doivent se dérouler ainsi. Peut-être ai-je entrepris ce *road trip* sur notre passé trop tôt, alors que la blessure de la séparation est tout juste en voie de cicatrisation.

Mais je persiste.

J'ai d'abord prévu de m'absenter un mois. Trente étapes, trente jours de voyage. Le problème est que certaines sont proches l'une de l'autre, mais pas toutes. Quelques-unes sont éloignées de plusieurs centaines de kilomètres. Déjà, celle du lendemain, Le Croisic, en Loire-Atlantique, suppose trois heures de conduite, ou presque. Je pressens que mon calendrier est irréaliste et ne pourra être respecté. Mais après tout, rien ne me presse vraiment. Jeanne comprendra et mes géraniums en ont vu d'autres...

Saint-Brieuc, Loudéac, Pontivy, Locminé, Vannes, La Roche Bernard, Herbignac, Guérande. J'ai la route en tête. Nul besoin de la carte. Il paraît que les véhicules disposeront bientôt d'un système de guidage par satellite, mais je doute que ma vieille DS puisse en être équipée. Je me fierai à ma mémoire et à ma vision de loin qui est encore assez bonne pour lire les panneaux sans gêne aucune.

Le matin du deux août est brumeux sur Bréhec et je trouve ma toile de tente couverte de rosée. Aussi dois-je attendre qu'il soit dix heures et que le soleil levant l'ait séchée avant de reprendre la route. Alors, dans l'intervalle, au bar du camping, je commande un grand café et deux croissants – les premiers depuis des années : Jeanne me les interdisait à cause de mon cholestérol – que je savoure en silence. Puis, je mets le cap sur la seconde étape de mon périple : la presqu'île de Guérande et Batz-sur-Mer.

C'est au seuil de la retraite que Jeanne et moi avions découvert ces parages. Après avoir planté notre tente quelques jours à Mesquer, puis à Piriac-sur-Mer, nous avions trouvé un superbe emplacement au camping de la Govelle, à Batz-sur-Mer où nous étions restés jusqu'à la fin des vacances, parcourant le sentier côtier dans un sens jusqu'à la Baule et dans l'autre jusqu'au Croisic, à pied, à bicyclette, avec souvent une escale Port Saint-Michel où les propriétaires du petit restaurant de plage nous avaient en pris en affection.

Gilbert et Gisèle étaient plus jeunes que nous, mais dans la discussion, nous nous étions trouvé plusieurs points communs et même des origines proches, du côté de Gisèle. Alors, le Café de la Plage était en quelque sorte devenu notre « cantine » estivale. Gilbert, comme

Pierre, aimait le pastis et adorait la pétanque ; Gisèle et Jeanne avaient des cousins communs, des « cousins à la mode de Bretagne », certes, mais enfin des cousins malgré tout ; même si on ne se fréquente pas, ça rapproche.

Retraite prise, Jeanne et moi nous étions dits : « peut-être est-il temps que l'on se pose ? » Revenus au Croisic, un samedi de début d'automne, en chambre d'hôtes, nous avions entrepris le tour des agences immobilières.

On nous a fait visiter des appartements anciens, biscornus, mal meublés ou vides, déprimants. Puis, dans la dernière agence, après deux visites décevantes, la femme a dit :

— J'ai encore un bien à vous proposer, un T3 qui vient de rentrer en portefeuille ; il ne sera en vitrine que lundi, mais il y a déjà des acheteurs. Une fille et son père. Qui hésitent parce c'est au second, sans ascenseur, et que le monsieur est déjà âgé. C'est neuf, près de la côte Sauvage, dans une toute petite résidence, deux bâtiments de treize logements chacun.

À l'unisson, Jeanne et moi avons dit :

— À part l'étage, ce serait dans nos critères.

La dame de l'agence a répondu :

— Une visite, ça n'engage à rien. Et puis, c'est sur notre route de retour au bureau.

— D'accord. Allons-y.

La fin d'après-midi est ensoleillée. Lorsque nous remontons le store de l'appartement, au deuxième et dernier étage, le soleil inonde le séjour, meublé avec goût, dans une harmonie simple de bleu et de blanc.

Pas de vis-à-vis sur la belle terrasse, mais un alignement de chênes verts autochtones, épargnés lors de la construction. Deux chambres mansardées, une mignonne salle de bain. Nous sommes conquis.

De retour à son bureau, la mandataire a ajouté :

— Les premiers visiteurs doivent donner leur réponse définitive lundi matin. Si vous posez une option sur ce bien, je vous le réserve jusque là, mais un engagement dès ce soir serait préférable pour vous. Par contre, je n'ai pas de marge de négociation. Le net vendeur est de 1 000 000 francs, 1 330 000 frais réduits de notaire et honoraires inclus, à prendre ou à laisser. C'est dans le haut de la fourchette des prix pratiqués ici, c'est vrai, mais c'est un bien qui partira dans la semaine, de toute façon, j'en suis certaine. Alors, qu'en dites-vous, Madame, Monsieur ?

On s'est regardés, – nous disposions d'un million six cent mille – puis avons lancé :

— Banco.

C'est ainsi, en un quart d'heure, sur un coin de bureau, que nous sommes devenus propriétaires d'un trois-pièces au Croisic, rue des Sables Menus, à cinq cents mètres de la plage du même nom.

Cette nuit-là Jeanne avait peu dormi, elle s'imaginait que dans les chambres mansardées, c'était à peine si l'on pouvait tenir debout !

5
Croisic Nostalgie

Revenir dans l'appartement sans Jeanne me fait tout bizarre. Partout, son souvenir m'accompagne : en montant le large escalier, aux marches dallées d'ardoise jusqu'au premier étage et moquettées ensuite ; en m'asseyant dans le canapé en cuir taupe, face à la télé ; en mettant deux couverts par habitude sur les sets de la table blanche... J'essuie une larme. Si la vieillesse est un naufrage, la solitude est un esclavage. J'ouvre la porte-fenêtre et sors sur la terrasse : deux pies jacassent sur la cime des chênes verts d'en face. Je les salue, aspire une bonne goulée d'air venu du large et rentre préparer mon repas. Des coquillettes au beurre et une tranche de jambon. Souvenir d'enfance, de ces premières vacances de l'été 36 aussi. Même si le jambon sous cellophane n'a pas le goût de celui d'avant ! Du temps où les cochons avaient sur le dos une couche de lard qui rendait leur chair savoureuse. La nostalgie est bien proche du regret !

Je mange cependant avec appétit, devant mon poste de télévision. Je débouche même une bouteille de Bordeaux, restée dans le rack en polystyrène depuis notre dernier séjour, à Pâques de l'année dernière. Puis je lave ma vaisselle dans l'évier. Je ne vais quand même pas mettre le lave-vaisselle en marche pour si peu ! Je décide ensuite de descendre à pied jusqu'au port – c'est à dix minutes de marche – boire un café ou une bière. Au Skipper, je retrouve notre table et la patronne me reconnaît. En me voyant seul, elle questionne avec précaution :

— Votre dame n'est pas avec vous, monsieur Marchand. Elle n'est pas malade, au moins ?

— Je suis veuf depuis trois mois, vous savez.

— *Ma Doué benniguet !* Comment est-ce arrivé ?

— Du jour au lendemain. Une opération de la hanche qui a mal tourné. Septicémie foudroyante.

— Toutes mes condoléances, monsieur Marchand. Ça me fait quelque chose. On s'était habitué à vous. La bière, c'est pour moi, hein, en souvenir.

— Merci.

— Vous gardez l'appartement ?

— Je ne sais pas encore. J'aime bien venir ici, même si tout seul, ce n'est pas pareil.

— Vous restez quelque temps, alors ?

— Pas tout de suite. Là, je fais juste étape dans un petit tour de France que je viens de commencer. Revoir les endroits où nous avons passé des vacances, ma femme et moi.

— Pas en vélo, j'espère ?

— Non ! Avec ma vieille DS.

— Vous croyez que c'est une bonne thérapie, ça, monsieur Marchand ?

— Je ne sais pas. On verra bien. Allez, *kénavo*. Je viendrai prendre mon petit déjeuner demain matin, avant de partir.

— Entendu, monsieur Marchand. À demain, bonne nuit.

L'étape du lendemain est plus courte que la précédente. Elle me mènera jusqu'au camping municipal de Le Bernard, une petite commune de Vendée, près de Longeville sur Mer. Cela représente un saut dans l'espace de moins de deux cents kilomètres, mais dans le temps, de vingt ans en arrière. Cette année-là, on avait réservé trop tard et les installations du bord de mer étaient complètes. C'était l'année de la grande sécheresse. La France entière avait l'air d'une biscotte ! Et tout le monde recherchait la proximité de l'eau. Le camping était récent et les arbres rachitiques ! La nuit, la température ne descendait pas au-dessous de 25 degrés. On ne s'endormait qu'au petit matin et à dix heures, la chaleur atteignait déjà les trente degrés ! Les gens seraient allés se doucher toutes les demi-heures si un contrôle n'avait été mis en place. L'eau finit par être rationnée ! Le marchand de pains de glace n'arrivait pas à fournir. C'était la course à la canette ! Au bout d'une semaine de ce régime, nous avions renoncé pour descendre dans les Pyrénées !

6
Samedi 3 août 1996

Vingt ans après, peu de changement ! Le camping est reconnaissable. Les arbres, platanes sycomores et mûriers – des espèces à larges feuilles – ont grandi et tous les emplacements sont ombragés. Les sanitaires ont été agrandis et rénovés. Mais les tarifs sont toujours très raisonnables, en comparaison avec ceux de la commune voisine du bord de mer, ce qui fait le succès de l'établissement. Je retrouve sans peine notre emplacement d'il y a vingt ans. Il est occupé par une famille belge. Celui d'à côté est libre et fera mon affaire. Je monte ma tente, tandis que mes voisins campeurs tournent avec curiosité autour de mon cabriolet. Comme souvent, une conversation s'engage bientôt :

— Vous avez une bien belle voiture, dites donc !

— Oui, mais elle est comme moi, pas très jeune !

— Ça ne se voit pas, on dirait qu'elle sort du garage !

— J'en prends soin ; mais bientôt, on ne trouvera plus de pièces.

— Ce serait dommage ! C'est vrai que c'est très confortable la suspension hydropneumatique ?

— Oui, si on n'est pas sujet au mal de mer ; ça tangue un peu parfois ; dites, vous savez qu'il y a vingt ans, j'ai campé à votre emplacement ?

— Avec cette voiture, déjà ?

— Tout à fait. Et une tente à armature métallique. C'était l'année de la grande sécheresse. On avait trop chaud. On a dû descendre jusque dans les Pyrénées pour trouver un peu de fraîcheur. À l'époque, on était trois : mon épouse Jeanne, et notre fils Paul. Ils sont morts tous les deux aujourd'hui. Il ne reste plus que moi et la voiture !

— La vie est injuste, souvent.

— Je ne vous le fais pas dire. Mais elle continue, malgré tout. Vous êtes d'où, en Belgique, vous ?

— Namur. Vous connaissez ?

— Non, nous ne sommes allés qu'une fois à Bruges et une autre fois à Bruxelles, quelques jours.

— Vous n'avez pas campé qu'en France, alors ?

— Non, un peu dans les pays alentour également, surtout l'Espagne.

— Nous aussi, on y va assez souvent, mais cette année les finances sont basses, alors on reste ici ; on est bien, la mer est tout près et c'est pas cher.

— C'est pour ça déjà qu'on était venus en 76 ; y'avait la maison à payer...

— Mais alors, la voiture ?

— Une folie, quand on l'a vue à la concession, on n'a pas pu résister ; mais il a fallu faire un peu ceinture sur le reste pendant quelque temps !

— Dites, si vous êtes tout seul, vous ne viendriez pas dîner avec nous ce soir, on continuera la conversation ?

— C'est très gentil, mais je ne voudrais pas déranger ?

— Déranger qui, déranger quoi ? Vous aimez la bière ?

— Oui, oui.

— Alors, on boira deux trois gueuzes et on mangera des moules et des frites. Huit heures, ça vous va ?

— Très bien, je vous remercie beaucoup. C'est quoi, votre nom ?

— Vandenbroucke, Frank Vandenbroucke.

— Enchanté. Moi, c'est Pierre, Pierre Marchand.

— Bon. Ad'taleur, Pierre !

7
Dimanche 4 août 1996

Ce soir-là, je ne vois pas le temps passer. Les Vandenbroucke, la quarantaine avenante tous les deux, sont charmants. Lui, un peu macho, elle, en admiration devant son mari, leurs deux enfants, Melissa et John, blonds et constellés de taches de son, huit et douze ans, se chamaillent à coups de frites.

— Bon, c'est pas bientôt fini, vos gamineries ? dit le père. Allez jouer un peu, en attendant les glaces.

Confortablement installé dans un fauteuil pliant sous l'auvent de leur caravane, je savoure ma deuxième bière, un monceau de coquilles vides de moules devant moi, en picorant les derniers petits bouts de frites de ma barquette.

— J'ai rudement bien mangé. Merci beaucoup.

— Y'a pas de secret. Les moules, ici sont superbonnes, mais les frites, c'est de la bintje et de la graisse de bœuf, pas autre chose. Alors, moi, j'ai fait installer une petite friteuse de restaurant dans la caravane et j'apporte un sac de patates. Comme ça, on les fait nous-mêmes, on est sûrs du résultat.

— Vous faites quoi, dans la vie, Frank ?

— Rien à voir. Je vends des aspirateurs sans sac d'une grande marque. Et mon épouse s'occupe de la maison et des enfants. Et vous, Pierre ?

— J'étais horloger bijoutier. J'ai fermé boutique le jour de mes soixante-cinq ans. Personne pour reprendre. Le pas de porte est à l'abandon.

— Et vous faites quoi de votre temps, quand vous ne voyagez pas dans votre belle auto ?

— Je me suis mis à la mosaïque ; je ramasse des tessons échoués sur le rivage, je les retaille et je m'inspire de scènes de villas romaines.

— Ça ne serait pas un peu olé olé, tout ça ?

— Ça peut, mais j'ai passé l'âge...

— Y'a pas d'âge pour ça, tant que ça fonctionne, hein, pupuce ?

— T'as raison, mon Frankie.

Et Frank d'embrasser sa femme à pleine bouche, en lui caressant le fessier. Ces deux-là ne doivent pas s'ennuyer au lit, pensé-je.

À la troisième bière, alors que le soir et la fraîcheur tombent, je me dis qu'heureusement, mon lit de camp n'est pas loin. Dans la caravane, les enfants regardent une série dont le son nous parvient par les vitres ouvertes. Et Frank de maugréer :

— Oh, c'te maudite télé ! L'an prochain, je la prends pas, promis, juré !

Des cris d'indignation lui sautent aux oreilles :

— Si tu fais ça, nous on vient pas, on reste chez papy mamie ! glapissent Mélissa et John.

Franck jubile :

— Bon débarras !

Je demande si Paul aurait eu le même type de conversation avec ses enfants. Je finis ma bière, me lève prudemment, avant de remercier :

— Vous m'avez fait oublier ma solitude le temps d'une soirée. Merci beaucoup. Il est temps que j'aille me coucher, je crois.

Franck et Nadia, son épouse, me tendent une carte de visite :

— Il faudra venir jusqu'à Namur, une fois. On vous fera visiter.

— Pourquoi pas ? Si je peux. Merci de l'invitation, en tout cas. Bonne fin de vacances à vous.

Serrage de louches, accolades viriles, baisers furtifs. On s'embrasse comme de vieux amis qu'on n'est pas.

— Bon voyage, Pierre ! Demain, on ne sera sans doute pas encore levés quand vous partirez.

— Merci...

Effectivement, le lendemain, vers dix heures, lorsque je replie ma tente avec le plus de discrétion possible, Franck et sa famille sont encore dans les bras de Morphée. Par les fenêtres entrouvertes de la caravane, des ronflements sonores me parviennent !

Mon étape du jour est modeste : une petite centaine de kilomètres jusqu'à Saint-Clément-des-Baleines, à la pointe ouest de l'île de Ré. Nul besoin de me presser. Même avec les encombrements de l'été, je devrais être arrivé pour midi.

Je me souviens que Jeanne et moi en 1989 avions voulu inaugurer à notre tour, six mois après l'ouverture officielle, le pont courbe de près de 3 kilomètres de long qui reliait maintenant le port de La Pallice, sur le continent, à Rivedoux-Plage, sur l'île, entre l'anse de la Repentie et la pointe de Sablanceaux. Plus besoin d'emprunter le bac. Mais il fallait toujours s'acquitter d'un péage. C'est encore le cas, mais sa suppression est annoncée pour 2012 ! Qui vivra verra.

Cette année-là, nous étions allés poser notre tente au camping municipal de Saint-Clément sans manquer de pousser jusqu'aux Portes et au bois voisin de Trousse chemise, cher à Aznavour, dont Jeanne adorait la chanson. Soudain, les paroles et la musique me reviennent et je fredonne sans effort, mais sans trop de justesse, hélas :

Dans le petit bois de Trousse chemise
Quand la mer est grise et qu'on l'est un peu
Dans le petit bois de Trousse chemise
On fait des bêtises souviens-toi nous deux
On était partis pour Trousse chemise
Guettés par les vieill's derrièr' leurs volets
On était partis la fleur à l'oreille
Avec deux bouteill's de vrai muscadet
On s'était baignés à Trousse chemise
La plage déserte était à nous deux
On s'était baignés à la découverte
La mer était verte, tu l'étais un peu

On a dans les bois de Trousse chemise
Déjeuné sur l'herbe, mais voilà soudain
Que là, j'ai voulu d'un élan superbe
Conjuguer le verbe aimer son prochain.
Et j'ai renversé à Trousse chemise
Malgré tes prières à corps défendant
Et j'ai renversé le vin de nos verres
Ta robe légère et tes dix-sept ans
Quand on est rentrés de Trousse chemise
La mer était grise, tu ne l'étais plus
Quand on est rentré la vie t'a reprise
T'as fait ta valise t'es jamais r'venue.

...

J'ai oublié la fin, mais je me souviens que nous, on était restés sages, à Trousse chemise, car en été, il est difficile de s'y isoler. Dommage, car en dépit des années, on aurait encore bien fauté !

Cette fois, j'entends retourner au Phare des Baleines – même si je sais que je ne remonterai pas les 257 marches de l'escalier hélicoïdal – et aussi flâner dans les ruelles à roses trémières d'Ars et revoir le curieux clocher peint en noir et blanc, amer pour les navigateurs. Puis, j'irai déguster des fruits de mer arrosés de muscadet à l'avant-port de Saint-Martin. Et après ça, je pourrai m'en aller dormir au Camping des Baleines, bercé par la rumeur de l'océan.

Ce programme sera respecté, sauf que je suis resté coincé une heure dans les embouteillages avant le pont, que ma place au camping, dûment réservée, avait été squattée et qu'on m'a installé bien près des sanitaires, que la plage de Trousse chemise était noire de monde et qu'à Saint-Martin, j'ai dû attendre le second service pour trouver un couvert ! Il y a des endroits où l'on ne devrait jamais revenir en août ! J'aurais dû y penser avant.

8
Lundi 5 août 1996

Mon étape du lendemain est bien plus longue. Le cap, plein est. Jusqu'au village sud-berrichon de George Sand : Gargilesse. Jeanne, Paul et moi nous étions arrêtés là, sur la route du Pays basque, me semble-t-il, avant l'essor des autoroutes, quand on prenait encore son temps et les nationales pour voyager. C'était en 1973, je devrais m'en souvenir. Si Paul était avec nous, c'est parce l'année d'avant, une leucémie foudroyante avait emporté sa jeune épouse, Léa. Nous l'avions convaincu de nous accompagner, histoire de lui changer un peu les idées. Il allumait déjà une cigarette avec le mégot de la précédente, hélas !

Le choix de cette étape n'était pas non plus un hasard total. Chaque année, j'achetais le guide vert du camping et recensais tous ceux qui étaient à mon goût : pas trop grands, pas trop chers, assez ombragés et situés si possible dans de petites villes ou villages pittoresques avec des visites intéressantes alentour.

De Gargilesse, j'avais lu : « Au sud du Berry, protégé des vents froids par plusieurs étages de collines et blotti au fond d'un bassin masqué par la verdure, se trouve un village nommé Gargilesse-Dampierre. Sur son piton schisteux, Gargilesse a vu, depuis l'époque gallo-romaine, plusieurs châteaux successifs édifiés, détruits, reconstruits. Celui qui subsiste aujourd'hui date de 1750. C'est un gros manoir dix-huitième, accolé à l'église et encore protégé par la porte flanquée de deux tours rondes du château fort d'antan. Le village, de trois cents et quelques habitants, est connu pour abriter une des demeures de prédilection de George Sand, aujourd'hui transformée en petit musée. Algira ou la Villa Manceau, comme l'appelait encore la romancière, du nom de son compagnon de l'époque, a été aménagée pour l'écrivaine en 1858 et réaménagée par ses descendants, un siècle plus tard, pour accueillir le public ».

Pourquoi pas ? avait dit Jeanne. Paul s'en fichait. Il se fichait alors de tout. Le camping de la Chaumerette, situé en bord de rivière, deux étoiles, ne comptait que 70 emplacements et semblait ombragé à souhait. Ça nous irait très bien.

Je me souviens que le village, qui serait bientôt inscrit sur la liste des « Plus beaux villages de France », grâce à son site et à son architecture berrichonne préservée, était très fleuri. Principalement des géraniums. Jeanne aimait beaucoup les géraniums. Surtout les pélargoniums zonaux. J'ai une pensée pour ceux que j'ai laissés sur le balcon, aux fenêtres et sur la terrasse en partant. C'est elle qui les avait plantés. Tous les hivers, je les rentre au sous-sol et les ressors au printemps. Mais vont-ils résister à un mois sans arrosage ? Oh, il pleuvra bien dessus une fois ou deux.

Quatre heures de route m'attendent si je passe par Châtellerault et le parc naturel de la Brenne, un peu plus si je prends l'itinéraire sud, par Lussac-les-Châteaux et Montmorillon. Je verrai à la sortie de Poitiers, selon le trafic et l'inspiration... J'aimerais bien revoir Argenton-sur-Creuse. Nous y étions passés quand Jeanne et moi avions envoyé Paul dans un des tout premiers chantiers de patrimoine au Château de la Prune au Pot, l'année de ses dix-sept ans. C'était à dix kilomètres de là.

Curieux château de plaine, au milieu de nulle part, jadis entouré de douves en eau, mais abandonné par ses bâtisseurs, la famille Pot, dès le XVe siècle et inhabité depuis jusqu'à son récent rachat. Je me demande où en sont les travaux de restauration entrepris par les nouveaux propriétaires. Paul avait beaucoup aimé manier la truelle et le niveau, même si trimballer les brouettes et les seaux de mortier de chaux n'était pas de tout repos. Mais ces heures d'effort, souvent en plein cagnard, étaient compensées par la vie en groupe de garçons et filles de langues et horizons divers qui apprenaient à se connaître. Il en était revenu avec des ampoules aux mains, des compétences en plus, des souvenirs plein la tête et quelques adresses de jeunes filles, avec lesquelles il a entretenu des relations épistolaires, voire plus, pendant plusieurs années.

Bien décidé à renouveler l'expérience, à l'étranger cette fois, quelques années plus tard, alors qu'il terminait sa licence d'Histoire, il s'était inscrit à un autre chantier, en Espagne, dans un village isolé d'Extrémadure. C'est là qu'il avait rencontré Léa, venue de son Nord natal. Ils n'allaient plus se quitter, jusqu'à cette foutue maladie...

Je n'aime pas cette route entre Vendée et Indre, sans trop savoir pourquoi. Paysage trop plat, trop ouvert, trop de chaumes nus aussi. Les maisons non plus ne me parlent pas beaucoup, avec leurs toits de tuiles presque plats et leurs murs de tuffeau grisé par les ans et la pollution.

Je suis à peu près à mi-route, lorsque de la vapeur commence à filtrer par la charnière du capot de la DS, tandis qu'au tableau de bord le voyant de température monte dans le rouge. « C'est bien ma veine ! En pleine campagne ! » Je ralentis l'allure, avant de stopper sur le bas-côté, d'ouvrir le capot et d'examiner les entrailles de mon bijou de collection. La panne me saute aux yeux. Le caoutchouc durci par les ans d'une grosse durite du circuit de refroidissement s'est fissuré et du liquide s'écoule en un goutte-à-goutte rapide sur le bloc-moteur. Depuis quand ? Mystère. Le radiateur semble quasiment vide et, du coup, le moteur chauffe. Des durites, j'en ai une ou deux de rechange – c'est un point faible sur les véhicules anciens – mais pas celle-là !

Après quelques minutes de découragement, je me reprends : d'abord, laisser refroidir le radiateur afin de pouvoir ouvrir pour refaire le niveau – une bouteille d'eau se trouve dans le coffre – et rouler à petite vitesse jusqu'au premier garage, en espérant qu'on pourra me dépanner. Oui, mais je songe soudain qu'on est... lundi, jour de fermeture parfois ! Cela se complique. Enfin, en campagne, les stations-service souvent font aussi un peu de mécanique. Avec un peu de chance, la réparation sera possible ! Et s'il faut commander la pièce, je n'aurai plus qu'à prendre mon mal en patience chez l'habitant. Voilà qui risque de bouleverser mon programme, par contre.

9
Rencontres

Il y a bien une station-service-garage à l'entrée de Saint-Julien l'Ars, ouverte ce lundi-là, qui plus est, mais elle ne dispose pas d'une durite de ce diamètre, c'eût été trop beau ! Il faut mettre en œuvre le plan B :

— Le garage Citroën le plus proche, c'est où ? questionné-je.

— Chauvigny, mais il est fermé jusqu'à mardi, répond le pompiste, gauloise à l'oreille et casquette de poulbot en tête, en se grattant sous l'aisselle gauche par le devant de sa salopette.

— Vous pourriez m'avoir cette durite, vous ?

— Ouais, si je la commande à Poitiers demain matin, je peux l'avoir dans l'après-midi par coursier ou mardi dans la matinée, par le car.

— Et vous connaîtriez dans le village quelqu'un qui pourrait me louer une chambre ?

— C'est moins ma partie, mais je peux questionner ma femme ; Georgette, t'es là ? y'a un monsieur qui demande si quelqu'un loue des chambres ici ?

Une matrone fessue sort des arrières du bureau de la station-service, torchon en main :

— Oui, p't'être bien, elle faisait pas ça avant, Jacqueline ? demande-t-elle à son mari.

— Jacqueline qui ?

— Mais tu sais bien, Jacqueline Dupontel, la bouchère !

— Ah, oui, effectivement. Vous devriez aller voir. C'est tout près d'ici, rue de Bel Air, une ancienne boucherie, vous pouvez pas vous tromper.

— Je vous laisse ma voiture, alors ?

— Elle sera aussi bien dans le garage à l'abri, je voudrais pas qu'on vous la raye pendant la nuit. Y'a des jaloux partout !

— Merci beaucoup. À plus tard, donc.

— Oui, entendu.

Ma valise trolley devant moi, je m'éloigne de la station-service vers la rue indiquée. Quatre cents mètres plus loin environ, une de ces boucheries de village d'autrefois, à la façade de mosaïque des années trente, attire mon regard. L'ancienne boutique a été transformée en appartement, mais la devanture est intacte ; on s'est contenté de remplacer les ouvertures en bois par de nouvelles, en aluminium. Une sonnette a été fixée à la porte d'entrée de l'ex-commerce. J'appuie. Un son aigrelet se fait entendre, puis une voix féminine me parvient du premier étage où une fenêtre s'est ouverte. Un visage replet, couronné de cheveux bruns permanentés questionne :

— C'est pour quoi ?

— Bonjour. Je viens de la station-service. Ma voiture est en panne. Je dois attendre une pièce. La femme du pompiste m'a dit que peut-être vous accepteriez de me louer une chambre jusqu'à mardi matin.

— Cela m'arrive en effet, pour compléter ma retraite. Les chambres des enfants étaient vides depuis leur départ et je stockais du meuble hérité de mes parents dans le garage. Alors, je me suis dit, pourquoi pas ? Bougez pas, je descends et je vous ouvre.

Jacqueline Dupontel ne « fait » pas son âge, comme on dit. À soixante-cinq ans passés, elle en paraît dix de moins. Alerte et accorte. Son mari est mort bêtement à l'abattoir. À cause d'un sursaut ultime de l'animal, la masse du tueur s'est abattue sur lui au lieu du bœuf qu'il tenait par la longe ! C'était il y a vingt ans. En moins de trois secondes, il est passé de vie à trépas. Accident du travail. Sa veuve touche une petite pension. Au village, les mauvaises langues disent que Jacqueline Dupontel a le veuvage joyeux.

Ma future logeuse me montre ses chambres à louer. Papier jauni des années cinquante aux motifs chargés, armoire à glace trois-portes, commode cinq tiroirs, table de toilette au dessus de marbre veiné de rose, nécessaire de toilette rose dans l'une, bleue dans l'autre, en porcelaine de Limoges : cuvette, broc, porte-savon. Motifs de fleurs champêtres. Le linge, gant et serviette, embaume la lavande. À la fenêtre, des rideaux de dentelle. Sur le lit, une courtepointe damassée assortie à la pièce, rouge foncé dans la première, bleu outremer dans la seconde. Aux murs quelques lithographies de Jean-François Millet. Dans la chambre « rose », sur la cheminée, sous un globe de verre, les fleurs fanées d'une couronne de mariée.

— J'ai laissé les nécessaires de toilette pour la décoration, mais il y a une salle de bain à côté, avec baignoire et douche. Vous préférez laquelle des deux, la bleue ou la rose, côté rue ou côté jardin ?

— Jardin, s'il vous plaît.

— Alors, ce sera la bleue.

— C'est combien ?

— Cent francs, petit déjeuner compris.

— Parfait. Je vous règle maintenant ?

— Pensez-vous. Vous paierez en partant. Bon, je vous laisse vous installer.

Assis sur la courtepointe, j'inspecte sa chambre du regard. J'ai posé ma valise au pied de l'armoire et la glace en pied me renvoie mon image. Mon lit est un lit métallique, en fer forgé, avec aux quatre coins des boules en cuivre consciencieusement astiquées. Je souris : Jeanne et moi, on a eu le même, fut un temps, après la guerre, quand le bois d'œuvre manquait. L'armoire me semble en chêne, dans le style des années quarante. La glace est légèrement piquée en bas. Je m'amuse à lancer mon chapeau sur une des boules du lit, avec succès.

J'ouvre ma valise, sors mon pyjama, tâte le matelas à ressorts ; il a l'air bon. J'enlève les oreillers ; depuis des années, je me contente du traversin. Jeanne, elle, en utilisait un. Je retire de la valise ma trousse de toilette et me rends dans la salle de bains, qui se trouve sur le palier avec les w.c. Je dépose mon blaireau, ma crème à raser et mon rasoir de sûreté sur l'étagère au-dessous du miroir avec mon eau de Cologne. Le savon à la lavande est fourni par la maison.

Bon. Me voilà installé. Pour quarante-huit heures, sans doute. Que vais-je faire de tout ce temps ? Je me souviens qu'au dernier moment, avant de partir, j'ai fourré dans un des soufflets de ma valise, trois livres, pris sur le dessus de la pile à lire échafaudée sur un guéridon du salon. Jusque là, je n'ai pas eu le loisir d'en ouvrir un seul. Je regarde les trois titres que j'ai emportés : le dernier d'Ormesson, *Presque rien sur presque tout*, un Orsenna, *Histoire du monde en neuf guitares* et *Le Vieux qui lisait des romans d'amour* du Chilien Luis Sepúlveda. Tiens, je vais commencer par celui-là.

10
Mardi 6 août 1996

Je n'ai pas à m'inquiéter de ma pitance ; Jacqueline Dupontel offre de me nourrir pour vingt francs par repas, boisson comprise. J'accepte, non sans humer avant les odeurs qui s'échappent de sa cuisine.

— Veau marengo ? me hasardé-je à conjecturer.

— En plein dans le mille ! Vous avez du nez, vous, dites donc. Je sens qu'on va bien s'entendre. Topez là !

Je ne lui dis pas que c'était une des recettes fétiches de mon épouse et que la comparaison risque d'être difficile pour elle. Jeanne la réussissait à la perfection. Rien que d'y songer, j'en ai l'eau à la bouche. Mais celui-ci sent drôlement bon, quand même !

— Dites, vous le servez avec quoi ?

— Des coquillettes. Pourquoi ?

— Parfait, c'est parfait. Vous me donnez déjà faim.

— Ah ben, tant mieux, j'aime pas quand on chipote ! Ce sera prêt dans une heure.

— Bon, je retourne lire un peu. À tout à l'heure.

Au dîner, je remarque que Jacqueline Dupontel a retiré son tablier de cuisinière pour laisser voir un chemisier fleuri dont les deux premiers boutons sont ouverts sur la naissance d'une poitrine généreuse. Je n'en jurerais pas, mais il me semble qu'elle a remis aussi du rouge à lèvres et peut-être bien un peu de parfum où je crois déceler des notes dominantes de benjoin.

Le repas est enjoué. Les odeurs m'ont mis en appétit et mon hôtesse a de la répartie. Un consommé de poulet en entrée, puis le veau marengo-coquillettes qui tient toutes ses promesses, suivi d'un Chabichou du Poitou, comme il se doit, le tout arrosé d'une AOC Haut-Poitou voisine, en blanc sec, qui mériterait d'être mieux connue.

Le vin aidant, une douce torpeur m'envahit. C'est le moment que choisit Jacqueline pour me tourner autour, sous prétexte de desservir, d'apporter quelques fruits, de remplir la carafe d'eau. Je ne suis pas dupe de son manège. Elle serait plutôt appétissante, ma logeuse, mais je ne peux décemment pas faire ça à Jeanne, après moins de six mois de veuvage ! J'aurais l'impression de la tromper, ce que je n'ai jamais fait en soixante ans de vie commune !

Ce sera donc une tisane et au lit, mais seul !

...

Le lit était bon et j'ai dormi d'un sommeil apaisé par la sage décision prise la veille au soir. Après le petit déjeuner, je vais retourner au garage m'assurer que ma pièce a bien été commandée, demander qu'on la livre par coursier rapide et m'enquérir de l'heure à laquelle mon auto sera disponible. j'ai hâte de reprendre mon voyage. Je ne tiens pas à me trouver en butte aux avances de Jacqueline Dupontel trop longtemps. Je ne suis pas de bois, non plus !

Ce matin, elle est en peignoir de soie ou satin japonisant qui révèle ses formes et elle a pris soin de se coiffer avant de préparer le petit déjeuner : jus d'orange, café noir, beurre charentais, confiture de mûres maison et toasts de pain de mie. Que demander de plus ?

— Avez-vous bien dormi, Pierre ? Vous mettez combien de sucres dans votre café ? questionne-t-elle de son plus beau sourire.

— Très bien, merci. Aucun, j'ai arrêté, il y a dix ans en même temps que ma femme qui croyait devoir perdre quelques kilos. Je voulais vous prévenir, il se peut que je parte cet après-midi... Je vais savoir ce matin quand mon auto sera réparée. Vous me direz tout à l'heure combien je vous dois.

— Déjà ! Je vais vous regretter, minaude-t-elle. Ce n'est pas si souvent que j'ai de la compagnie. Alors, ce midi, il faut que je mette les petits plats dans les grands.

« Diable ! pensé-je, si en plus elle met ses talents culinaires dans la balance, je suis foutu. »

— N'en faites rien, Jacqueline, un déjeuner léger, voilà ce qu'il me faut pour conduire ensuite. Et pas de vin, s'il vous plaît.

— Allons, un petit verre ou deux avec le fromage, quand même.

— Bon, d'accord, mais un seul alors.

Finalement, à onze heures et demie, la durite commandée au concessionnaire Citroën de Poitiers est livrée à la station-service. À quinze heures elle est en place et la DS prête à repartir.

C'est un sentiment mitigé – moitié soulagement du danger évité, moitié regret d'une occasion perdue – qui me gagne au moment des adieux :

— Tenez, Jacqueline, voici cent cinquante francs, je n'ai pas de monnaie, gardez tout.

— Il n'y a pas de raison, ça me gêne, attendez, je vais trouver un billet de dix francs.

— Non, non, je vous en prie, vous me vexeriez.

— C'est bien pour vous être agréable, alors. Pierre, je vous souhaite un bon voyage sur les traces de votre passé et si vous revenez par Saint-Julien, je serai ravie de vous accueillir à nouveau.

Cette invitation ne tombe pas dans l'oreille d'un sourd, mais je ne pipe mot. Nous nous regardons tous les deux, elle sans cacher quelque émotion, moi déguisant la mienne. C'est encore Jacqueline qui prend l'initiative :

— Je vous fais la bise. C'est combien chez vous, trois ? Ici, quatre.

Puis, tandis qu'elle agite la main sur le pas de porte de son ancien commerce, je m'éloigne, poussant ma valise trolley. Dans une heure, je serai à Argenton-sur-Creuse et quarante minutes plus tard à Gargilesse, sauf si je m'attarde au château de la Prune au Pot.

Arrivé devant la bâtisse, qui a repris du lustre depuis son rachat et des années de chantier (à présent le donjon est entièrement restauré), je ne me sens pas le courage de pénétrer dans l'enceinte. Je crains d'être débordé par des souvenirs de Paul. Je rebrousse chemin et poursuis ma route jusqu'au camping de la Chaumerette où je monte ma tente sous les arbres au bord de la rivière. Demain, je retournerai au village et peut-être visiter la villa Algira. Jeanne aimait beaucoup George Sand.

Ce soir, je dîne d'une boîte de cassoulet au bain-marie sur mon réchaud de bivouac. Cette nuit, mon lit ne sera pas aussi douillet qu'hier.

11
Mercredi 7 août 1996

Je me suis levé de bonne heure, à mon habitude, un peu courbatu de m'être tourné et retourné sur mon lit Picot. Douché, rasé, vêtu, je m'en vais prendre mon petit déjeuner à l'auberge de la Chaumerette, puis je décide de monter à pied au village, en passant par le Moulin. Un bon quart d'heure de marche. Je serai arrivé à la Villa Manceau pour l'ouverture, ce qui me permettra d'éviter la cohue, habituelle au mois d'août, dans ce petit espace. Vingt-trois années se sont écoulées depuis ma première visite ici, mais le temps semble avoir eu assez peu de prise sur le village. Le gravillonnage des rues a été remplacé par de l'enrobé. On a enterré une partie du réseau électrique, mais pas encore le téléphone ; des peintures ont été refaites, dans différentes tonalités de bleu principalement, des huisseries renouvelées, me semble-t-il, mais c'est tout. Les mêmes toits pentus de tuiles plates brunes ou rouges, les mêmes géraniums zonaux et « rois des balcons » où domine le rose, le lierre et la vigne sur des façades, des entourages de portes et fenêtres en briques. Le village est encore tel qu'en mon souvenir.

Ah si, je remarque pas mal de pétunias de toutes les couleurs parmi les potées et jardinières disposées un peu partout. C'est nouveau. L'ensemble est très plaisant.

Me voilà devant la maison de George Sand. Ici, rien n'a changé. L'extérieur est quelconque. Cela m'avait frappé, la première fois. L'auvent au-dessus de la porte d'entrée est toujours là, les sept marches de pierre brute pour y accéder aussi. Tiens, on dirait que les jardinières sur le claustra de briques qui ferme la courette ont été renouvelées. J'entre. L'intérieur est modeste, mais étincelant de propreté. L'intimité mise en scène, dit la publicité. C'est exactement cela. Toujours ce bleu pâle aux murs et sur les huisseries, quelques meubles aux bois sombres dont les vernis brillent et, couvrant l'essentiel de l'espace des deux pièces, des vitrines, des photos, des tableaux sur la Bonne Dame de Nohant et son amant graveur et collectionneur de papillons.

Pour moi, l'intérêt n'est que documentaire. Je m'interroge sur la charge émotionnelle que disent éprouver des visiteurs étrangers au cercle intime de l'écrivaine en contemplant tout cela. Simple projection, à mon avis. Et un peu de voyeurisme aussi. Je relis quelques anecdotes connues, mais oubliées, avant de m'éloigner, non sans avoir signé le livre d'or, dernière concession à ma vanité : « Que la modestie de ce logis soit leçon de vie à qui passe ici croyant découvrir monts et merveilles... »

En me relisant, je me trouve grand donneur de leçons, et *scripta manent,* comme disaient les Latins, mais il est trop tard. Me voilà parti.

Je décide de flâner dans le village jusqu'à midi pour déjeuner à l'Auberge Hôtel des Artistes, située en plein bourg, avant de redescendre au camping et poursuivre ma route. C'est un ancien hôtel de 1820, aux encadrements de portes et fenêtres de briques rouges, comme bien des maisons de Gargilesse, et dont une vigne vierge orne les deux étages du faux-pignon. Pour vingt francs, on me sert sur la terrasse six escargots de Bourgogne (Jeanne me serinait que c'était beaucoup trop de beurre), une cuisse de canette aux griottes et une part de tarte maison, le tout arrosé d'eau pétillante et un café. Me voilà lesté pour l'après-midi.

Tente pliée, voiture chargée, camping payé, je regarde l'itinéraire que je me suis confectionné avant de partir. Ma prochaine étape va me conduire dans le Puy-de-Dôme, au village de Pontgibaud. Un peu plus de cent cinquante kilomètres, cap sud-est et deux heures et demie de route, si tout va bien.

Je voudrais retourner au petit hôtel qui nous avait accueillis, Jeanne et moi, il y a deux ans, dans des circonstances un peu particulières.

Cette année-là, Pontgibaud était notre point de chute. Pour d'obscures raisons, nous avions décidé de voyager léger et emprunté la canadienne deux places de Paul au lieu de la tente dôme gonflable habituelle. À notre âge, soixante-quinze et soixante-treize respectivement, c'était incongru, mais enfin nous en paraissions dix de moins tous les deux et on se voyait toujours jeunes. Nous avions trouvé un emplacement à nous convenir pour un séjour d'une semaine, mais dès la première nuit, un gros orage s'abattit sur nous et resta fixé là plusieurs heures durant. Je m'empressai de placer deux pommes de terre sur les têtes des piquets de la tente. Hélas, il se mit à pleuvoir si fort que toit et double-toit bientôt se touchèrent et que la tente finit par prendre l'eau, tandis que ses abords se transformaient en marécage. Les éclairs incessants et le tonnerre, répercuté par les montagnes environnantes, rendaient tout sommeil illusoire. Alors, nous entreprîmes de mettre à l'abri literie, vêtements et autres possessions fragiles et nous repliâmes dans la voiture, trempés comme des soupes.

Séchés vaille que vaille, nous terminâmes la nuit sur nos sièges en position couchette, mal couverts par notre seul plaid, sans beaucoup fermer l'œil, maudissant la sotte idée que nous avions eue et jurant, comme le renard de la fable, qu'on ne nous y prendrait plus.

Au matin, nous allâmes nous réchauffer avec un bon petit déjeuner dans un café-restaurant de la place et tâchâmes de trouver une chambre d'hôtel pour le reste de la semaine. Les trois que nous visitâmes affichaient complet. Enfin, on nous adressa à l'auberge du Sancy, située à l'écart du bourg, près de la gare.

L'établissement, au standing modeste, avait gardé son cachet d'après-guerre, décoration incluse. On aurait pu y tourner les scènes d'un film sur la Résistance sans y changer grand-chose. Escalier étroit et chantant, cloisons de bois et tapisseries couvertes de motifs au pochoir, ampoules nues sous leur chapeau d'acier émaillé, appliques tulipe et le reste à l'avenant. La tenancière avait passé les soixante-quinze ans, elle aussi, et continuait tant qu'elle pouvait pour ne pas finir à l'hospice. Mais la mise de la clé sous la porte était proche, nous dit-elle. On l'embêtait trop avec les normes nouvelles.

Il lui restait une chambre, côté jardin, libre pour quatre jours seulement. Nous la prîmes. Le lit était en fer et les draps de lin râpeux. Mais nous y dormîmes comme des bébés, après l'expérience de la veille. Notre hôtesse nous régala de cuisine locale, abondante et savoureuse, le tout à des prix défiant toute concurrence.

47

12
À l'assaut du Pariou

Deux ans, c'est long et c'est court. Dans ce laps de temps, la prédiction de la propriétaire de l'Auberge du Sancy s'est réalisée. Sur la porte, un écriteau annonce « Fermeture définitive ». Les volets sont clos et clouées dessus deux pancartes de notaire et d'agence proclament la mise en vente. À une femme qui passe devant la bâtisse, courbée sur son bâton, je demande :

— Pardon, madame, savez-vous ce qu'est devenue l'ancienne propriétaire ?

— Hélas oui, mon bon monsieur ; quand, l'année dernière, l'Administration a ordonné la fermeture de l'auberge pour « mise en danger de la vie d'autrui », à ce qu'il paraît, ça l'a tellement tourneboulée qu'elle n'a pas tenu deux mois, la pauvre ; et, à présent, si vous voulez la voir, c'est au cimetière qu'il faut aller.

— C'est une bien mauvaise nouvelle que vous m'annoncez là !

— Vous la connaissiez ?

— J'ai logé ici quelques jours, il y a deux ans, c'est tout, mais elle m'avait marqué.

— Ah, c'était un personnage, Philomène !

— Merci, madame, bonne journée !

— Bonne journée !

En fait de bonne journée, la mienne est gâchée. Et je ne peux même pas rendre une dernière visite à l'aubergiste. Philomène, d'accord, mais Philomène comment ? Je n'en ai pas la moindre idée.

Dans ces conditions, inutile de s'attarder plus longtemps ici. Je vais pousser jusqu'à Saint-Donat, à une cinquantaine de kilomètres au sud, aux abords du puy de Sancy, dans le parc des Volcans d'Auvergne. Il y avait un Logis de France accueillant autrefois dans ce bourg minuscule.

C'était l'époque où Jeanne et moi pratiquions encore un peu de ski de fond, dans les années soixante-dix. Deux ans de suite, en février, on avait loué un appartement dans une maison qui était la propriété du boucher-traiteur de la commune. Tout près des pistes de Picherande et de Chastreix.

Mais, pour nous, la chaîne des Puys, c'était l'été qu'il fallait la pratiquer et notre préféré, c'était sans conteste, le puy de Pariou dont nous avions gravi les 1209 mètres à deux ou trois reprises, je ne sais plus très bien. On adorait son cratère strombolien au cercle presque parfait de deux cents mètres de diamètre pour quatre-vingt-dix de profondeur, tout engazonné d'une herbe fine et rase, parsemé de quelques bosquets de feuillus et genévriers. Très photogénique, vu d'avion, avec le puy de Dôme en arrière-plan. Ce n'est pas pour rien qu'il a servi de publicité à une célèbre marque d'eau minérale auvergnate.

Je me souviens qu'une fois, nous avions pique-niqué au sommet, au bord du sentier qui ceinture le cratère et que, après les traditionnels sandwiches jambon beurre et rillettes, précédés d'une tomate et d'un œuf dur, et suivis d'un bout de fromage et d'un fruit, j'avais fait à Jeanne la surprise de sortir du sac à dos un réchaud bleuet et une cafetière italienne deux tasses, préparée en cachette le matin. C'est ainsi, après avoir trouvé comment abriter le réchaud du vent du sommet, que nous avions pu siroter, en contemplant le majestueux paysage de la chaîne des Puys autour de nous deux tasses d'un bon café accompagné d'un carré de chocolat. Le pied ! avait dit Jeanne.

Je voudrais bien retenter l'ascension. Ce devrait être encore dans mes cordes. J'ai entendu dire que les propriétaires privés des Puys, inquiets de la trop grande fréquentation et des dégâts qu'elle entraîne, avaient décidé de supprimer des indications d'accès et d'interdire les randonnées de groupes, mais je pense pouvoir retrouver assez facilement le chemin le plus aisé.

Passé Orcines, je gare mon véhicule sur le parking à la sortie du hameau de la Fontaine du Berger, charge mon sac à dos, prends mon bâton de marche, traverse la départementale 941 et pars sur ma droite. Au bout d'un bon kilomètre, je tombe sur une bifurcation : je ne sais plus lequel des deux chemins mène au sommet du puy par le sous-bois, lequel par la rampe et ses escaliers. Les anciennes pancartes ont disparu. Il me semble que pour le sous-bois, plus aisé, il faut prendre à gauche, mais je n'en suis pas certain. Soudain, il me souvient que dans la poche intérieure de mon sac à dos, j'ai fourré les quelques cartes IGN au 1/25000e que je possède, au cas où. Hourra ! Celle de la chaîne des Puys est dedans. Et, de plus, j'avais pris le soin de marquer la route empruntée pour monter au Pariou et redescendre. C'est bien à gauche. Je m'engage allègrement sur le sentier.

Au début, la progression est aisée parce qu'elle suit plus ou moins les courbes de niveau, mais à mi-course elle vire à 90°, tirant droit vers le sommet. Alors, mon souffle se fait plus court, je dois ralentir le rythme de mes pas ; je sais que si je m'arrête, j'aurai beaucoup de mal à repartir. Ma main pèse davantage sur mon bâton. Je ne vais quand même pas caler si près du but ! Des randonneurs qui redescendent au pas de course s'inquiètent pour moi. « À votre âge, ce n'est pas raisonnable de monter seul ! » Je les tranquillise. Ça va aller. Je bois quelques gorgées et croque une barre de céréales au miel, avant de repartir à pas lents. L'acide lactique rend mes jambes lourdes à mouvoir.

Les dernières centaines de mètres sont dures, longues et pénibles. C'est sur des jambes flageolantes que je débouche au sommet avant de m'asseoir pesamment sur la première pierre que je trouve. Mon cœur bat la breloque dans ma poitrine et mes poumons me font mal. Je décharge son sac, le pose en oreiller et m'allonge dans l'herbe. Il faut que je récupère un moment.

Ce soir, je ne monterai pas la tente. Pourvu qu'il y ait une chambre de libre à l'auberge de la Providence ! Avec un nom pareil, ce serait bien le diable... !

13
Jeudi 8 août 1996

Une fois réoxygéné, requinqué avec une banane et des fruits secs – abricots et figues que je garde toujours en réserve dans mon sac – et correctement réhydraté aussi, car j'ai appris à mes dépens qu'il ne faut pas attendre la soif pour boire, je prends le temps de boucler la boucle du cratère et d'admirer encore une fois, la dernière sans doute, le merveilleux paysage de la chaîne des Puys. La journée est belle, mais pas trop, le ciel ennuagé juste ce qu'il faut pour contenter le photographe amateur que je suis depuis de longues années. Je mitraille un peu avec mon vieux Minolta avant de redescendre par où je suis monté ; j'ai horreur des escaliers, bien plus fatigants à mon âge qu'une rampe ou un faux plat ! Et encore plus pour descendre que pour monter.

Surprise à mon arrivée dans le petit bourg auvergnat de Saint-Donat : un couple franco-hollandais a repris l'auberge et modernisé tout l'établissement ; ma chambre, la seule libre, est un peu basse de plafond. C'est sans doute pourquoi tout est blanc, poutres y comprises, sauf le plancher de pin ciré sombre, les deux petites tables de nuit et le dessus-de-lit. C'est simple, mais confortable. Tout ce qu'il me faut après mon équipée d'aujourd'hui.

Je suis vanné. À peine installé, je m'endors sur la courtepointe du lit. Je m'en doutais et j'ai demandé, au cas où, que l'on me réveille pour le dîner. Mais je picore, désolant mon hôtesse. Je la rassure sur la qualité de la cuisine. Un déca, s'il vous plaît. Et au lit.

J'ai dormi d'une traite jusqu'au petit matin. Mon transistor, après le bulletin météo, m'apprend la catastrophe de Biescas. Là-bas en Aragon, hier après-midi, un orage a déversé plus de 200 mm de pluie en trois heures. Par formation d'un embâcle sur le *río* Aras, en quelques minutes, une coulée de boue a dévasté presque entièrement un grand terrain de camping à Biescas. Des milliers de mètres cubes de boue et d'éboulis ont emporté sur des kilomètres voitures, caravanes, et tentes. Le sinistre a fait 87 morts et quelque 200 blessés graves. Je reste interdit, car ce camping, je le connais ; nous y avons séjourné, Jeanne et moi, en 1974, je crois. Ça fait froid dans le dos, des nouvelles comme ça ! Je me méfierai davantage dorénavant des terrains situés en bord de rivière.

Demain, je poursuivrai jusqu'à un de mes meilleurs souvenirs de camping avec Jeanne : Ruynes-en-Margeride, non loin de Saint-Flour, dans le Cantal. La commune est surtout connue pour posséder sur son territoire l'ancrage est du second chef d'œuvre français de Gustave Eiffel : le fameux viaduc ferroviaire de Garabit qui enjambe les gorges de la Truyère. Jeanne et moi avions été très impressionnés par son arche de cent soixante-cinq mètres de portée, qui s'élève à cent vingt-deux mètres au-dessus de l'étiage de la rivière ! Un record du monde.

Le terrain de camping offrait une superbe vue panoramique sur les monts du Cantal. Vaste, en deux parties étagées reliées par une bande plus étroite, en légère déclivité. C'était là, sur un emplacement non délimité, que j'avais installé notre tente, mais pas moyen de compenser la pente du sol comme avec une caravane. Il aurait fallu un replat. Nous glissions vers le bas sur notre matelas pneumatique. Une très mauvaise idée !

À mon arrivée, après une heure et demie de route, surprise : je retrouve le viaduc bicolore : une moitié dans la couleur acier rouillé que je connaissais, l'autre d'un rouge dit rouge Gauguin ou poinsettia qui surprend furieusement. C'était la couleur première de... la tour Eiffel, à ce qu'il paraît ! Ces travaux de peinture-hommage sont commencés depuis quatre ans, mais le chantier s'éternise. Pour l'instant, l'effet obtenu est bizarre ! Je découvre aussi que le camping de cent emplacements est à présent propriété d'une chaîne qui a installé une vingtaine de mini-chalets, disséminés dans le bois de pins, pour des locations d'une semaine minimum.

On m'attribue une place libre, assez proche des sanitaires, avec une vue dégagée sur les monts cantaliens de Margeride qui délimitent l'horizon. C'est reposant au possible. Assis sur mon pliant de plage, au ras de l'herbe, devant ma tente, je replonge dans mes souvenirs, tout en admirant les ocres, les ors et les violines du couchant.

Pour Jeanne et moi, Ruynes-en-Margeride, c'est aussi l'endroit où nous avons découvert une compagnie de théâtre de rue, devenue célèbre, qu'on a suivie pendant plus de vingt ans : Royal Deluxe, créée quatre ans plus tôt. Jean-Luc Courcoult et ses acolytes n'avaient pas encore imaginé et fabriqué les improbables machines de bric et de broc qui leur vaudraient la célébrité et présentaient cet été-là, partout où on voulait bien les accepter, de courts spectacles burlesques, dont un dans lequel le « personnage » central était... une caravane ! Chutes, explosions, gags visuels et sonores, la pauvre finissait en pièces pour le plus grand plaisir des campeurs attroupés.

C'est encore l'endroit où nous avons assisté pour la première fois de notre vie à une représentation de cinéma en plein air. Je me souviens parfaitement du titre du film visionné cette nuit-là, un gilet sur les épaules, un plaid sur les genoux : *Les Dieux sont tombés sur la tête*, dont la version française venait de sortir. Le ronronnement du projecteur était périodiquement couvert par les salves de rires d'un public aux anges devant les réflexions ingénues et décalées du jeune héros bochiman.

Les yeux me piquent toujours lorsque je pense à Jeanne, mais les larmes ont cessé de couler comme au début, il y a six mois déjà. Je m'en réjouis et m'en désole tout à la fois. Est-ce si vrai que le temps panse les blessures ? Mon expérience tendrait plutôt à démontrer qu'il les atténue, sans aucun doute, mais laisse toujours de douloureuses cicatrices.

La nuit est tombée sur Ruynes-en-Margeride. Seul le balisage des allées éclaire à présent le camping et la voûte étoilée révèle ses splendeurs. Le nez en l'air dans mon fauteuil, je tente d'identifier les quelques constellations que je connais : La Grande et la Petite Ourse, Cassiopée, Orion, Pégase,

Andromède... Allons, il est temps d'aller dormir. Demain, je filerai vers l'Aubrac et ses vaches d'exception.

14
Vendredi 9 août 1996

Aujourd'hui, ma destination est un petit village de Lozère, situé au pied du col d'Aubrac, qui culmine à mille trois cent quarante mètres d'altitude, crois-je me souvenir. Une courte étape d'une soixantaine de kilomètres, mais un voyage dans le temps de plus de quarante ans.

En effet, Nasbinals avait été notre premier lieu de vacances quand, dix ans après la Libération, nous avions pu nous offrir plus de quelques jours de repos. C'est la consonance étrange du nom, prononcé au détour d'une conversation par un ex-maquisard de mes amis, qui m'avait suggéré cette villégiature un peu saugrenue.

Parce que l'Aubrac en 1955, au même titre que le Queyras, demeuraient des contrées reculées où le touriste était encore regardé comme une bête curieuse. Encore plus s'il faisait fi d'une auberge, d'une ferme, ou d'une grange hospitalières pour prétendre s'abriter sous des bouts de toile tendus sur des piquets de métal tenus par des ficelles ! On lui souhaitait bien du plaisir si le vent, la pluie, la neige même, s'abattaient sur sa frêle installation sans prévenir, comme cela arrivait si souvent par ici. Sans compter que la nuit, sur le plateau, il pouvait geler en plein mois d'août !

En Aubrac, les vedettes, celles que l'on remarque tout de suite dans le paysage, autant par leur beauté que par leur omniprésence, ce sont les vaches blondes, aux yeux cerclés de blanc et soulignés de noir, aux grandes cornes en lyre, assemblées en harmonieux troupeaux au milieu des prés. De leur regard placide, elles semblent interroger le randonneur, l'étranger, le pèlerin : « Que fais-tu là ? Qui t'a permis de venir troubler ma tranquillité ? Passe ton chemin, veux-tu ! », ponctuant leur insatisfaction de sonores meuglements, ou même levant la queue et lâchant liquide et solide pour vous exprimer tout le mécontentement que votre présence leur inspire. Il vous faudra les fréquenter un certain temps avant qu'elles ne viennent vous renifler de leur mufle noir et humide, cerclé de blanc comme leurs yeux. Avec leur robe unie, au poil ras, et leur tête toujours impeccablement maquillée, elles sont tellement plus photogéniques que leurs rouquines voisines de Salers !

Ce sont les maîtresses des lieux et elles entendent le rester. Suivez les drailles[i] et ne vous avisez pas de traverser les prairies encloses où des mâles sont présents : ils vous chargeraient sans pitié, pour protéger leur cheptel.

Cette année-là, pour la première fois, Paul s'était refusé à nous accompagner : il venait d'avoir dix-sept ans et entendait voler de ses propres ailes, sans en avoir encore le droit. Alors, on trouva une solution intermédiaire. La Ville de Saint-Brieuc venait d'ouvrir un centre de vacances de plein air à Caroual, en Erquy et recherchait des moniteurs et aide-moniteurs. Paul fut engagé à l'issue d'un stage de quelques jours. Ses années passées chez les Éclaireurs lui avaient bien servi. Et quelques relations de son père aussi.

Notre camping alors, se rapprochait de celui que pratiquaient les scouts, justement ; c'était du camping sauvage, en pleine nature, sans électricité, avec l'eau des rivières, ruisseaux, sources et autres fontaines, du mobilier plus que rustique, confectionné à l'aide du bois trouvé sur place et des latrines creusées dans le sol.

Quant à la cuisine, rudimentaire, au feu de bois, sur un trépied de pierres, elle se réduisait à du riz, des pâtes, de la viande ou du poisson grillé, des œufs, du lait, du fromage et des pommes de terre achetés au fermier du coin.

Jeanne et moi nous retrouvions donc seuls, comme avant l'heureuse arrivée de Paul dans notre foyer, mais cette fois, à la différence des congés payés de trente-six, plus de chaperons. Alors, nous profitâmes de cette liberté retrouvée pour faire l'amour à toute heure du jour et de la nuit, dans la tente comme autour et bien plus loin, heureux comme au premier jour.

Il me revient que c'était dans une hêtraie, mais oui, au bord du lac de Salhiens. Nous revenions de la cascade de Déroc, qui en est l'exutoire et chute du plateau, trente-deux mètres plus bas, été comme hiver, en un large ruban blanc cotonneux.

En ce temps-là, Jeanne et moi roulions encore en 4 CV Renault. Je m'étais engagé sur un sentier herbeux qui contourne le lac par le nord, m'arrêtant à la lisière du bois. Quelques dizaines de mètres plus loin, une clairière s'offrait à nous. C'est là que nous avions établi notre campement, à moins de 4 kilomètres du bourg de Nasbinals. Je dois pouvoir retrouver l'endroit facilement.

C'était une année sèche et la tourbière laissait libre accès à l'eau du lac, pour la toilette et la cuisine. Une aubaine. La hêtraie fournissait tout le bois mort voulu pour le feu et un foyer de pierres noircies avait été laissé là par d'autres campeurs, dont divers déchets attestaient de la présence récente.

Jeanne, qui ne supportait ni saleté ni poussière, commença par réunir dans un vieux cageot de fruits toutes les ordures qu'elle trouva dans la clairière et ses environs immédiats, avant de les jeter dans le feu que j'allumais. Ce petit ménage terminé, elle put s'installer en toute tranquillité d'esprit.

Moi, je voudrais retrouver cette clairière où nous avions monté la tente, mais ma raison me répète qu'à plus de quarante ans de distance, Dame Nature à elle seule aura brouillé toutes les pistes : de vieux arbres seront morts ou auront été abattus, de jeunes pousses seront devenues de beaux adultes. Sans compter les outrages que l'homme aura fait subir à la forêt : coupes sombres ou claires, feux d'orage ou criminels, déforestation, repeuplement...

— Tu es trop présomptueux, mon ami, me souffle ma conscience. Le plus probable est que tu ne reconnaîtras rien !

— Je peux quand même essayer, non ?

— À tes risques et périls. Et, si tu réussissais, cela te donnerait quoi ?

— Je ne sais pas trop. Une satisfaction intérieure. Celle d'avoir rempli un certain devoir de mémoire.

— Un devoir de mémoire ? Vraiment ? Tu oses mettre ta petite histoire sur le même pied que la Grande ? J'en reste sans voix !

— De la Grande, je n'ai que de mauvais souvenirs, alors je préfère me rappeler la petite, qui ne m'a laissé que des bons !

— Comme tu voudras. Je t'aurai prévenu...

15
Le Tour du lac

Lorsque j'arrive à Nasbinals, après une petite heure de route, il doit être onze heures. J'achète du pain, des fruits, des œufs et du jambon cru, un morceau de tomme fraîche d'Aubrac et prends la D900 vers Montgrousset, puis la D52. À la troisième intersection, un lac est là sur ma droite. Je le trouve plus petit que dans mon souvenir. Les tourbières ont gagné du terrain au nord et au sud, semble-t-il. Le niveau de l'eau est assez bas. L'extrémité sud couverte de nénuphars jaunes. Je m'engage sur la trace enherbée nord et, parvenu à la pointe du lac, poursuis en direction du bois quelques dizaines de mètres, au lieu d'obliquer à gauche pour descendre vers le Sud. Je gare ma DS, que j'avais mise en position haute, sous un grand hêtre isolé. Et pars sans attendre, pressé, droit devant moi, à travers les arbres. Ça monte sec : j'avais oublié ce détail ! Le petit bois épouse un accident du terrain en forme de haricot. Au bout d'une cinquantaine de mètres, je débouche dans une clairière, allongée et beaucoup plus grande que dans mon souvenir, mais des traces anciennes de foyer me laissent penser que ce doit être là que Jeanne et moi avons campé. Je reste quelques instants immobile, regardant tout autour. C'est un peu en pente. Je redescends et trouve, au pied de la montée, à l'orée du bois, un emplacement sur un replat qui me convient. Je décide de m'y installer. Le terrain est sec : ma voiture doit pouvoir venir jusque là. C'est que je n'ai plus les forces d'autrefois et entends porter mon fourniment le moins loin possible.

Ainsi donc, j'ai réussi ! Mais aucun triomphalisme ne m'habite ; c'est plutôt un sentiment de déception que j'éprouve, ou mieux, la confirmation de ce que j'ai déjà constaté lors de quelques étapes précédentes : le souvenir est bien plus beau que la réalité ! Je recompte mentalement : cette étape est la neuvième de mon périple. À peine au tiers de mon programme initial. Aurai-je la force physique et mentale d'aller jusqu'au bout ?

Une fois ma tente montée et mon repas avalé, après une courte sieste, pour parfaire ce pèlerinage, j'entreprends de réaliser le tour du lac. Je sors du coffre de la DS mon bâton de marche, coiffe mon chapeau, mets un K-way et une bouteille d'eau dans un sac à dos, ferme tente et véhicule et suis l'une des multiples traces laissées dans l'herbe par chasseurs et randonneurs. En une petite heure, je pense pouvoir boucler ce circuit. Le ciel est un peu chargé à l'ouest, mais encore limpide ailleurs. Je décide toutefois de prendre une précaution supplémentaire : à défaut de cape de pluie, je fourre dans mon sac, pliée petit, une feuille de polyéthylène transparent qui protégeait le fond de mon coffre.

Me voilà parti. Le lac est modeste : d'après ma carte au 1/25000e, il doit mesurer cent cinquante mètres dans sa plus grande largeur pour deux cent cinquante environ en longueur. Je table donc sur une distance inférieure à deux kilomètres, étant donné qu'en raison des tourbières, je ne pourrai passer au plus près de l'eau sur les trois quarts du parcours et devrai suivre la lisière des premières prairies pour garder pied sec. C'est l'inconvénient de beaucoup de ces lacs glaciaires, à la différence de ceux de barrage, qui offrent des berges praticables par tous temps.

En général, je marche encore facilement à trois kilomètres-heure. Mais je me méfie, car d'autres lacs, nous ont laissé, à Jeanne et moi, de cuisants souvenirs : soit j'avais mésestimé le relief ou la distance et la balade champêtre de deux heures s'était transformée en rando épuisante de quatre, soit, des portions humides étaient impraticables et obligeaient à de sérieux détours ; soit, comme souvent en montagne, le temps avait changé brusquement et nous étions rentrés trempés comme des soupes ou frigorifiés. Après mon expérience récente du Puy Pariou, je veux être prudent.

Au début, tout va bien. Une légère montée, puis une descente un peu plus accentuée et la suite du parcours en faible dénivelé. Je viens d'atteindre la pointe sud du lac, lorsque le ciel menaçant venu de l'Ouest lâche soudain une grosse averse. Le temps de sortir mon K-way du sac et de le passer, me voilà déjà mouillé. Je suis en terrain découvert ; seuls quelques arbres isolés se dressent au loin devant moi. Pas de draille, donc pas de murets ni de cabane de pierres sèches en vue. Le premier chêne est bien à deux cents mètres. Je serai trempé d'ici là. Il me faut prendre une décision tout de suite : je sors ma feuille de plastique de mon sac, en coiffe mon bâton et me fourre dessous, assis sur le sac, ramenant les extrémités sous moi, du mieux que je peux, sur trois côtés : il faut quand même que je puisse respirer ! Il ne reste plus qu'à espérer qu'une saute de vent n'emporte pas mon abri de fortune et attendre que cela passe. Par chance, c'est une pluie d'été, elle n'est pas trop froide, mais quand même, ma tente improvisée s'est déjà toute embuée de respiration. Je profite de cet arrêt forcé pour grignoter une barre de céréales et emmagasiner des calories : on se refroidit vite à mon âge !

Ce déluge ne dure qu'un petit quart d'heure, mais j'ai l'impression que le ciel s'est vidé sur ma tête ! Le sol archi sec, peine à absorber toute cette eau soudaine et des rigoles se sont formées, suivant la moindre pente, ainsi que de vastes flaques, là où l'herbe fait défaut. Enfin, un rayon de soleil réapparaît, entre les nuages sombres que pousse le vent d'ouest. Je m'ébroue comme un labrador qui sort de l'eau, puis me redresse et entreprends de nouer la feuille de plastique autour de mon cou, pour qu'elle sèche sur moi, comme une cape. Si je la plie telle quelle, elle va mouiller tout mon sac !

À présent, le sol est glissant, mais le terrain est maintenant aisé jusqu'à la montée finale vers le replat que j'occupe. Cela devrait aller.

Je n'ai pas croisé âme qui vive depuis mon arrivée. Pourtant, la cascade de Déroc est un des sites les plus visités de l'Aubrac et le parking d'accès n'est qu'à trois cents mètres de là. C'est curieux !

Arrivé sans autre encombre à ma tente, je constate avec soulagement qu'elle n'a pas pris l'eau, le double toit a résisté. Par contre, si je voulais repartir maintenant, pourrais-je sortir ma DS de la prairie sans patiner ? Je ferai bien d'être plus prudent sur ce point à l'avenir.

Un bon feu n'aurait pas été de trop, mais tout le bois mort environnant est trempé à présent et je n'avais pas pris la précaution d'en ramasser avant de partir. Il ne me reste plus qu'à mettre en route le chauffage de la voiture pour me sécher et me réchauffer.

Le camping sauvage par temps de pluie, c'est presque toujours une galère, je le sais bien, mais quand le vin est tiré...

16
Samedi 10 août 1996

Le soir tombe, l'air fraîchit et, ce soir, je dois me contenter de la flamme bleue de mon réchaud de camping comme source de chaleur. Assis sous l'auvent de ma tente, j'entreprends de chauffer un peu d'eau dans mon unique casserole et verse dans un mug le contenu d'un sachet de potage instantané : velouté de champignons, c'est mon préféré. Un sandwich au jambon cru et autre petit au fromage, deux verres d'eau, une pomme ; me voilà paré pour la nuit. J'ai passé une polaire et admire la voûte étoilée, dans le ciel limpide après la pluie de l'après-midi. Je me sens bien. Du bois voisin, me parviennent les « houhou » d'un hibou qui vient de s'éveiller et, tandis que je commence à délacer mes chaussures de marche, deux oreilles pointent dans la prairie, puis quatre, puis six, puis huit : il doit y avoir un terrier de lapins de garenne tout près. Je suspends mes gestes pour ne pas rompre le charme. Tous restons immobiles, eux dressés sur leurs pattes arrière et moi sur mon siège, guettant le premier qui bouge. Puis, le plus grand des quatre lapins – Monsieur ? Madame ? Allez savoir – tourne casaque et montre son cul blanc que les autres s'empressent de suivre en sautillant dans l'herbe. En voilà une bonne soirée. Allez, maintenant, au lit !

Bien au chaud dans mon duvet à capuche, j'ai dormi d'une traite, chose rare pour moi, ne m'éveillant que vers cinq heures du matin. Avec l'humidité de la veille, une rosée dense recouvre la prairie. Je dois sortir mes bottes à tige courte pour aller soulager ma vessie. Aujourd'hui, c'est une journée à étapes multiples que j'entends réaliser : d'abord, monter jusqu'à Laguiole, où je voudrais remplacer un couteau de poche que j'ai perdu (en tant que bijoutier, j'aime regarder le travail de filigrane que réalisent les couteliers). Puis retourner à Conques et revoir sa magnifique abbatiale romane Sainte-Foy, avant de poursuivre jusqu'à Sarlat. Carte en main, je calcule une distance totale de deux cent dix kilomètres, soit trois heures et demie de route, plus les visites et arrêts. Il ne faudrait pas que je lève le camp trop tard pour tenir ce programme. Pas sûr que j'y parvienne. Ce soir, j'ai réservé une chambre d'hôtes dans une commune à la sortie de Sarlat, chez un petit producteur de foie gras, histoire de prendre une bonne douche et rendre honneur aux productions locales. Je n'entends pas faire maigre tous les jours non plus !

Ma dernière visite remonte à trente-sept ans ! C'était en 1959. Le Général de Gaulle était revenu au pouvoir l'année précédente et la France se disait qu'il allait remettre de l'ordre dans la maison, comme quatorze ans auparavant, maintenant que la Ve République était à sa main. Boris Vian venait de mourir et Gérard Philippe en ferait bientôt autant. Je m'en souviens parce c'étaient deux de mes artistes préférés. Cette année-là, Jeanne et moi avions décidé de visiter le Périgord noir et ses multiples richesses.

Nous ne partions pas seuls, mais avec un couple d'amis et comme c'était à Pâques, avions choisi la location plutôt que le camping, par crainte de nuits trop fraîches et d'un temps pluvieux (en Bretagne, la semaine des Rameaux et celle de Pâques sont rarement belles, alors, nous nous étions laissé influencer). En réalité, la météo, cette semaine-là, dans le Périgord, fut parfaite. C'est ainsi que nous nous étions retrouvés chez le directeur commercial d'une célèbre maison de foie gras, qui, à côté de sa demeure, tout près de Sarlat-la-Canéda, avait aménagé rustiquement deux maisons qu'en précurseur il proposait aux touristes.

Je m'en souviens encore pour deux raisons : la première, parce que c'était la première fois que je voyais les tapisseries d'un logement entièrement réalisées au pochoir. Le propriétaire avait tout badigeonné de blanc et parsemé ensuite les murs d'empreintes de fleurettes, frises et petits animaux divers réalisés au rouleau ; la seconde parce que le repas de fin de séjour auquel nous fûmes conviés par nos hôtes est resté gravé à jamais dans ma mémoire ! Bons mangeurs comme on sait l'être dans le sud-ouest, bons buveurs comme souvent dans les régions viticoles, et généreux en diable, ceux-ci avaient pour coutume de régaler leurs vacanciers d'un repas issu des produits locaux.

Cela avait commencé avec un verre d'hypocras, cet apéritif venu du Moyen Âge jusqu'à nous, de la saucisse sèche, du jambon de pays et des olives. Puis il y eut une assiettée de garbure, cette soupe gasconne roborative, aux légumes rehaussés de morceaux de viandes diverses – confit de canard, jarret de porc, gésiers, saucisson –, dans laquelle on fait chabrot avec un vin rouge du cru. Vint alors la dégustation de plusieurs foies gras – cuit, mi-cuit, canard, oie – en belles tranches tirées de terrines maison, accompagnées de toasts tièdes, le tout arrosé d'un vin blanc liquoreux de Bergerac. Ce fut ensuite le clou du repas : une immense omelette aux cèpes et copeaux de truffe noire, servie avec des pommes de terre sarladaises. Salade, plateau de fromages de chèvre et brebis locaux, et une délicieuse tarte aux prunes. Café, pousse-café : un alcool de poire bien parfumé, mais titrant plus de cinquante degrés !

De toute évidence, on avait souhaité nous en mettre plein la vue, plein la panse, et sans doute nous voir repartir à quatre pattes ! Entrés à huit heures, nous ressortîmes à minuit passé, dignes, mais à la limite de l'apoplexie et si nos chambres n'avaient été à moins de cent mètres de là, serions tombés avant ! Hélas, c'était la veille du retour, comme tout bon repas d'adieu qui se respecte, et donc, le lendemain matin, il fallut reprendre la route. Inutile de dire qu'elle fut pénible !

Au souvenir de cette indigestion-gueule de bois, mon estomac se crispe. Tout cela est bien loin, pourtant. Je me demande ce que sont devenus les amis qui nous accompagnaient cette année-là. Bien plus tard, alors que nos enfants respectifs avaient quitté le logis, ils avaient été les acteurs d'un pénible psychodrame. Nous nous fréquentions alors régulièrement, allant en week-end, tantôt chez l'un, tantôt chez l'autre.

Cette année-là, Jean, directeur d'École Normale, avait quelques soucis professionnels et son humeur s'en ressentait. Son épouse avait réussi, après plusieurs essais, le concours de l'Agrégation de lettres modernes et lui non. Cela l'avait un peu aigri. Ce week-end de janvier, l'apéritif s'était sans doute trop prolongé. Après le dîner, j'avais entrepris, comme nous le faisions souvent l'un et l'autre, de montrer mes diapositives des vacances précédentes : il s'agissait d'un voyage en Corse. Ce fut long. Trop sans doute. Il était près de minuit lorsque tout le monde monta se coucher.

Moins d'une heure plus tard, j'avais entendu des pas étouffés dans l'escalier, puis la porte d'entrée s'ouvrir et se refermer : le temps que je me lève, Jean et son épouse partaient dans la nuit, sans un mot d'explication. On ne s'est pas revus depuis !

Qu'avais-je dit ou fait qui ait vexé Jean au point de s'enfuir ainsi en catimini ? Je me le demande encore.

J'adressai aussitôt après l'incident un message d'excuses, mais rien n'y fit. Jeanne eut un contact téléphonique avec son épouse. En vain.

L'épreuve avait été violente et Jeanne et moi fûmes tracassés pendant plusieurs semaines, avant de réussir à en prendre notre parti. Ainsi va la vie, de nouveaux amis arrivent, d'autres s'en vont... Mais des amis, nous en avions assez peu, justement.

17
Couteau neuf et heureux hasard

Absorbé dans mes souvenirs, je me rends compte soudain que me voilà parvenu à l'entrée du bourg de Laguiole. Je viens de passer devant une grande usine toute neuve, avec un Musée. Mais je préfère poursuivre jusqu'au cœur du village, où j'espère trouver encore quelques échoppes d'artisans couteliers et au moins une ouverte. C'est le cas. Une heure plus tard, après avoir regardé un ouvrier tremper une lame, je ressors avec en poche un magnifique couteau pliant de 12 centimètres, dûment pourvu de la célèbre abeille emblème sur la virole. C'est cher, plus de sept cents francs, mais la qualité de l'acier employé, son tranchant, celle du bois du manche et des finitions le valent bien. J'ai choisi un manche en buis. Pourquoi ? Je serais bien en peine de le dire. Un souvenir d'un ancien couteau, sans doute. Je m'attarderais bien à déguster un aligot dont Laguiole est la patrie, mais il n'est que onze heures, c'est trop tôt. Me voilà reparti en direction de Conques à présent.

Conques est une splendeur dans son genre. J'aurais voulu parcourir un bout du chemin de Saint-Jacques, rien que pour faire étape dans cette cité toute dévouée au célèbre pèlerinage. Jeanne et moi en avions formé le projet, il y a longtemps, pour remercier le ciel de nous avoir donné Paul, mais cela ne s'est pas réalisé. Nous sommes allés à Lourdes, une fois, et puis, basta. Et quand le sort nous a enlevé bien trop tôt ce fils adoptif, nous avons perdu toute religion !

J'arrive par le pont romain sur le Dourdou. Les trois cents âmes du village se blottissent sous une centaine de toits de lauzes arrondies autour de la haute abbatiale, dont le tympan jadis polychrome raconte dans sa pierre dorée l'Ancien et le Nouveau Testament. Devant, des foules de « jacquets » lèvent le nez avant d'aller rendre hommage à la statuette-reliquaire de Sainte-Foy, en bois d'if recouvert d'or et d'argent où est enchâssé le crâne de la vierge martyre.

J'ai toujours préféré le style roman et sa simplicité de bon aloi au gothique, dont je reconnais certes les avancées techniques, mais aime moins les envolées trop lyriques. J'entre dans l'abbatiale et y découvre les cent quatre vitraux que Pierre Soulages – le chantre du noir – vient d'y achever deux ans plus tôt, après huit ans de labeur. Étrangement, de cette symphonie en noir et blanc : verre non coloré translucide, noir des barlotières et plombs, naissent des effets de couleur créés par la diffraction de la lumière extérieure. Je m'attendais à être déçu de ne plus retrouver les verrières polychromes des origines ; je dois reconnaître qu'une nouvelle harmonie naît de cette alliance entre modernisme et tradition. La vocation narrative a cédé le pas à une vocation méditative qui sied tout à fait au lieu.

En ressortant, je me demande si Jeanne, elle aussi, aurait aimé cette transformation.

Direction Sarlat-la-Canéda, à cent trente kilomètres de là. J'y serai en début d'après-midi, car je compte déjeuner en route. Le soleil est déjà haut et la chaleur commence à se faire sentir. Je stoppe pour décapoter la DS.

Vers midi, je m'arrête à Lacapelle-Marival, ancienne étape du chemin de Saint-Jacques, dans une vieille hôtellerie rénovée et choisis le menu du jour – entrée et plat seulement, je suis raisonnable –. Après le café, je m'accorde une petite sieste d'un quart d'heure dans ma voiture garée à l'ombre, puis reprends la route en sifflotant. Je suis d'humeur gaie, aujourd'hui, sans savoir pourquoi.

Sarlat, à côté de Conques, paraît énorme : presque dix mille habitants ! Je connais un peu la ville, c'est la troisième fois que j'y viens, mais le 15 août approche, la saison bat son plein, et c'est la cohue dans plusieurs endroits : pour me garer, déjà, puis au Syndicat d'Initiative, où je voudrais récupérer la liste des locations et tables d'hôtes des environs : je cherche à retrouver l'adresse de ceux qui nous avaient régalés de ce repas pantagruélique à Pâques de 1959. Vu son âge à l'époque – la bonne quarantaine – si le monsieur n'est pas au cimetière, il doit se trouver en maison de retraite ou chez ses enfants, mais enfin, ça ne coûte rien d'essayer. Je crois me souvenir du patronyme : Gourdon. Mais le prénom et la commune, mystère et boule de gomme. Cependant, un nom de lieudit me trotte dans la tête : « Les Taillades ». Manque de chance, c'est un toponyme plutôt courant par ici, comme dans tout le midi. Je vais demander à ma logeuse de ce soir.

Après une déambulation aussi rapide que me le permet le flot humain à travers le centre-ville – je suis l'itinéraire noté sur mon guide vert, à l'est de la Traverse : Place de la Grande Rigaudie, Cour des Fontaines, Cathédrale, ancien cimetière, lanterne des morts, Présidial, Hôtel de Grézel, ancienne église Sainte-Marie, place des Oies, Fontaine Sainte-Marie, Hôtel de Maleville, Maison La Boétie – je renonce à en supporter davantage et prends la direction des faubourgs. Le monde est petit ! Ce n'est pas croyable. Figurez-vous que lorsque, parvenu à destination, je pose ma question à mon hôtesse du soir, je m'entends répondre :

— Je pense que c'est mon père ! Il habite toujours là-bas. C'est à dix minutes d'ici.

— Ça alors ! Quel âge a-t-il à présent ?

— Quatre-vingt-neuf.

— Il va bien ?

— Il se porte comme un charme, mais il est devenu sourd comme un pot, depuis le décès de ma mère.

— Ah, c'est ennuyeux. Dites, vous lui transmettrez mon bon souvenir quand vous le verrez. Avec un couple d'amis, j'avais loué chez vos parents, aux vacances de Pâques 1959, et ils nous avaient régalés d'un repas d'adieu dont nous nous souvenons encore !

— Ça ne m'étonne pas ! Au début, ils faisaient ça avec tous ceux qui louaient deux semaines de suite. Après, ça leur a passé. C'était un peu « too much ».

— Mais bien sympathique quand même !

— Merci. Vous voulez dîner à quelle heure ce soir ?

— Vingt heures, c'est bien pour vous ?

— Parfait. Vous êtes notre seul client du jour. Nous prendrons notre repas avec vous.

— Merci. La compagnie, c'est ce qui me manque le plus, depuis que mon épouse m'a quitté.

— Quitté, quitté ?

— Non, décédée. Il y a six mois maintenant. Une mauvaise opération.

— Condoléances, alors.

— Oui, merci.

18
Dimanche 11 août 1996

Je me suis couché tard et ce n'est plus trop de mon âge ! Ces gens du sud-ouest sont incroyables : manger ce qu'ils mangent, boire comme ils boivent et avoir la santé qu'ils ont, il faut qu'ils donnent la recette à la Sécu ! Tout ça pour dire que je ne regrette ni mon étape ni les trois cent cinquante francs qu'elle va me coûter. Rendez-vous compte : salade périgourdine au foie gras, feuilleté d'asperges, fromages, crème brûlée aux noix, cent cinquante francs, boisson comprise ! Par chez moi, ça coûterait presque le double ! Heureux pays !

La soirée a été festive : en ma qualité d'ancien client des parents, j'ai eu droit à l'apéritif et au digestif gratuits. Josette, la fille Gourdon, et son mari, Martial, sont charmants, bien faits pour ce travail d'accueil ; ce sont d'excellents ambassadeurs de leur région. Et Martial cuisine comme un chef ! Les commentaires sur le Livre D'or sont élogieux. J'ai passé une très bonne soirée. En me couchant, dans ma chambre champêtre du premier étage, j'ai eu une pensée pour Jeanne ; je suis sûr qu'elle aurait adoré également. Elle était aussi épicurienne que moi !

Voilà une semaine et demie que j'ai quitté Saint-Laurent-de-la-Mer. Mon compteur affiche plus de 1400 kilomètres parcourus. Jusqu'ici, je tiens le coup et ma voiture aussi, après ce changement de durite, du côté de Poitiers. Mais les Pyrénées et les Alpes sont à venir. Ce sera autre chose que le Massif central ! Enfin, à chaque jour suffit sa peine, comme on dit.

Aujourd'hui, je voudrais revoir Domme, à vingt minutes d'ici, avant de filer sur Saint-Antonin-Noble-Val, cent-vingt kilomètres plus au sud.

Domme est une bastide périgourdine, fondée en 1281 par Philippe le Hardi. Elle domine la vallée de la Dordogne de plus de cent cinquante mètres, au sud du célèbre « cingle » de Montfort, à tel point qu'on l'a pompeusement surnommée « l'Acropole du Périgord » ! De plus, sous la cité, à vingt mètres de profondeur, s'étend une grotte à salles multiples de quatre cent cinquante mètres de long, restée ignorée jusqu'en 1912, date de sa (re) découverte par des enfants. Il paraît que pendant la guerre de Cent Ans, les habitants s'y cachaient des Anglais ! On y descend à partir de la place centrale de la bourgade, ce qui n'est pas banal ! D'ordinaire l'accès aux grottes se trouve en pleine nature, dans des endroits plus ou moins escarpés. Et à Domme, aujourd'hui, on remonte au village par un ascenseur panoramique accroché à la falaise, ce qui n'est pas ordinaire non plus.

Lors de mon passage avec Jeanne, au début des années soixante, nous avions négligé ce site, par manque de temps ou par saturation, je ne sais plus, car nous en avions vu plusieurs autres dans la région, qui est bien pourvue en ce domaine. C'est ce loupé que je voudrais réparer à présent, sans trop me bercer d'illusions. Devant

les formes diverses prises par les concrétions –
qu'elles montent, stalagmites, ou qu'elles descendent,
stalactites – Jeanne était bien meilleur public que moi,
prompte à s'extasier comme une midinette, pour le
plus grand plaisir des guides qui savent repérer dans
les groupes et exploiter ces natures spontanées.

Jeanne était tout ce que je ne suis pas : gaie,
délurée, optimiste, philanthrope, aussi facile à vivre
qu'à aimer, du premier jour au dernier. Les Espagnols
ont une expression pour cela : « el don de gentes », le
don de plaire, le sens du contact. Ça n'est pas donné à
tout le monde, je vous assure. Avez-vous déjà connu
ce sentiment d'avoir trouvé la personne qui vous
complète exactement ? C'est ce que j'ai vécu avec
elle. Je ne crois pas que cela arrive deux fois dans une
vie. Et de toute façon, maintenant...

Arrivé au Pauly, je monte jusqu'à la bastide par
la D49 ; je voudrais essayer de stationner intra-muros,
près de l'entrée sud de la cité. Place de la Halle, je
n'essaie même pas, en plein mois d'août, j'aurai déjà
de la chance si je ne suis pas obligé d'aller me garer
au loin sur le nouveau parking pour les autocars.

On descend dans la grotte par une entrée
ménagée sur le côté de la Halle. En consultant les
horaires de visite, je constate avec quelque surprise
que hors saison celle-ci dure trois quarts d'heure, mais
qu'en août, elle se réduit à une demi-heure et même à
vingt minutes l'après-midi, pour répondre à
l'affluence. J'aurai donc droit à trente minutes. Le
premier départ est à 10 h 15 et le groupe est complet
dix minutes avant la prise en charge par notre guide,
un étudiant en géologie, embauché pour les vacances.

La grotte est entièrement aménagée, ce qui veut dire, sol égalisé, escaliers, rambardes de protection, éclairage et sonorisation. Les salles se succèdent avec draperies, colonnades et plafonds de fines stalactites, d'où tombent, de loin en loin, des gouttes d'eau chargées de calcite, le tout décrit et commenté par un guide disert, qui récite ses commentaires et anecdotes avec conviction :

— Ne voyez-vous pas, mesdames, messieurs, dans ces concrétions devant nous des formes remarquables ?

Des formes remarquables, moi, j'en ai dans ma ligne de mire, ce sont les jambes fuselées d'une grande Hollandaise en jupette qui monte devant moi et je peux vous assurer que le spectacle vaut toutes les stalagmites du monde ! Mais bientôt le couloir final nous amène à un balcon sur la Dordogne. Et là aussi la vue vaut le détour et la remontée dans l'ascenseur de verre également !

Allons ! Cap sur Saint-Antonin, à présent.

C'était en 1961. Le tourisme restait balbutiant et Jeanne et moi entrions dans la force de l'âge. Pour son quarantième anniversaire, je lui avais préparé la surprise d'un petit voyage en Rouergue, dont Saint-Antonin-Noble-Val est la pointe ouest. Paul volait déjà de ses propres ailes et nous campions à notre habitude. Nous échouâmes un soir au camping municipal du Ponget, au bord de la Bonnette, sur la route du célèbre château de Caylus, à cinq cents mètres environ de la cité et ses presque deux mille habitants.

Mais pour ce jour de ses quarante ans, le 11 août, j'avais réservé par téléphone dans une auberge de Najac, à vingt kilomètres de là. Le « Belle Rive », construit en 1850 au bord de l'Aveyron, était exploité depuis l'origine par la même famille. On en était à la quatrième génération et chacune avait fait prospérer et transformé, agrandi, hôtel et restaurant.

Nous avions revêtu nos plus belles tenues, moi un pantalon bleu marine, une chemisette, un blazer et des mocassins et Jeanne une robe blanche et bleue à pois, jupe large et col châle, serrée à la taille par une large ceinture, qui lui allait à ravir, tout comme les escarpins assortis. Autant dire que notre entrée dans la salle du restaurant ne passa pas inaperçue, la plupart des convives étant en tenue estivale décontractée. Cela me gêna un peu – je n'aime pas détonner – mais Jeanne, d'un naturel désinvolte, n'en avait cure.

C'est bête, mais je me souviens encore du menu : en entrée, feuilleté de moules et saint-jacques pour Jeanne et foie gras de canard mi-cuit et compotée d'oignons pour moi ; en plat, elle avait commandé un filet de canette au poivre vert et moi une entrecôte d'Aubrac au Roquefort. La viande des vaches d'Aubrac, le « must » comme disent les snobs ! Saisie à point, cette chair persillée, goûtue, fondante en bouche, serait presque meilleure sans sauce aucune ! En dessert, j'optai pour le plateau de fromages et elle pour une crème brûlée à la vieille prune. Et nous arrosâmes le tout de champagne, en devisant de tout et de rien, assez pressés, ma foi, de passer à la suite du programme.

Pas question de rentrer au camping après notre festin. J'avais donc opté pour la soirée étape. Le macaron Logis de France qui ornait la façade n'était en rien usurpé et les chambres tout aussi accueillantes que la cuisine était délicieuse. La nôtre était bleue, me semble-t-il,, mais j'avoue que ce n'est qu'au matin que nous eûmes le loisir de détailler le décor.

Cette nuit-là fut courte et agitée. Le champagne avait la vertu de donner à Jeanne plus d'audace encore qu'à l'accoutumée et je crois que je ne fus pas trop mauvais non plus.

— Merci, chéri ! me dit-elle dans un baiser à son réveil. Un quart de siècle que nous nous connaissons, tu t'en rends compte ?

— Un petit peu plus, Jeanne. C'était le 1er août et nous sommes le 11.

— Tu chipotes, Pierre, comme toujours, mais tu as de la chance, je t'aime comme ça.

J'ai souri. Il n'y avait rien à répondre à ça, sinon l'embrasser.

Je n'ai pas l'intention de retourner au Belle Rive. Depuis le début de ce voyage, j'ai compris qu'il y a des souvenirs qu'il faut laisser s'effacer sans essayer de les retenir, que d'autres sont gravés à jamais et que tous sont beaucoup moins beaux si on tente de les raviver.

19
Lundi 12 août 1996

Au Ponget, où je suis allé m'installer hier après-midi, après avoir déjeuné assez rapidement à Domme, la matinée est brumeuse, mais la journée promet d'être chaude. Ce matin, je vais refaire le tour de la cité, qui a dû bien changer en trente-cinq ans ! En même temps, il conviendrait que je passe à la station de lavage la plus proche. Mon cabriolet a pris pas mal de poussière depuis le départ, et je suis assez coquet, pour lui comme pour moi !

Ville au passé prestigieux, Saint-Antonin-Noble-Val tire son nom de la vallée baptisée *Nobilis Vallis* par les Romains. Elle abriterait le plus vieil hôtel de ville de France et c'est une cité médiévale authentique, dans un site protégé, celui des gorges de l'Aveyron et des falaises du Roc d'Anglars, du Cirque de Bône... sur l'un des chemins de Saint-Jacques-de-Compostelle.

Albigeoise, prise par les Anglais, puis adepte de la Réforme, conquise par Louis XIII, la cité garde dans ses murs les traces de ce passé mouvementé.

Me revoilà devant le moyenâgeux ancien palais vicomtal, indûment qualifié de mairie par Viollet-le-Duc qui le restaura, avec ses arcades semi-ogivales, son beffroi à mâchicoulis et sa galerie à fines colonnes, puis la Halle, bien plus tardive, aux massifs piliers rectangulaires d'une hauteur inhabituelle pour un tel bâtiment, l'église gothique Saint-Antonin, le temple protestant... Les rues du centre ancien ont été pavées à neuf, en lieu et place du bitume que j'avais connu. Des enduits démodés ont été piquetés pour laisser apparaître les colombages et les pierres originelles. Les vieilles demeures s'enchevêtrent le long des ruelles sinueuses avec leurs fenêtres géminées ou à meneaux, leurs arcs gothiques ou romans, leurs vieux portails. Un effort de fleurissement a été conduit. L'essor du tourisme est passé par là.

Il me prend envie d'aller passer l'après-midi dans le village proche de Puycelsi. Fondé avant l'an mil par des moines d'Aurillac, le village a repoussé les Croisés en lutte contre les cathares, les Anglais, puis les troupes protestantes. Perché sur son piton rocheux, entouré de 850 mètres de murailles, il domine la vallée de la Vère et la forêt proche de la Grésigne.

Quasi à l'abandon dans les années cinquante, n'y restaient plus que quelques irréductibles qualifiés d'arriérés par la plupart. Mais, après l'arrivée de l'eau courante en 1960, peu à peu les résidents secondaires lui ont redonné vie en restaurant les vieilles maisons.

Jeanne et moi étions tombés amoureux du site et d'une demeure en particulier. Une bâtisse à colombages, étage en encorbellement et grande terrasse couverte. En ruine, mais avec tellement de charme ! À tel point que, rentrés à Saint-Laurent, j'avais écrit à la Mairie de

Puycelsi pour demander les coordonnées du propriétaire afin de lui faire une offre d'achat. Ou l'on m'a pris pour un farfelu, ou l'on ne voulait pas d'un « hors-venu » breton, ou la maison n'était pas à vendre. Toujours est-il que nous n'avons jamais reçu de réponse. Après les temps enthousiastes de la restauration, serions-nous revenus chaque année ici, nous qui aimions tant le dépaysement, la mobilité et la nouveauté ? J'en doutais et avais considéré cette non-réponse comme un signe du destin. Ce projet ne devait pas trouver de concrétisation.

J'ai quand même un sérieux pincement au cœur en passant devant la maison convoitée, fort bien restaurée et habitée à l'année, me dit la marchande de souvenirs qui l'occupe. Nous entamons une conversation :

— Ce sont mes parents qui m'ont légué ce bien. Ils l'avaient acquis en piteux état et commencé à le restaurer. Et puis, l'ampleur de la tâche les a découragés, des ennuis de santé sont survenus, le vieillissement les a empêchés d'y revenir. Mon mari est du coin, on s'est attelés à terminer les travaux et voilà cinq ans qu'on y habite. Lui travaille en dehors comme artisan plombier et moi je tiens la boutique. Mais le logement est petit. Si la famille s'agrandit, je ne sais pas si nous pourrons rester ici...

Elle m'apprend que le village compte aujourd'hui une petite centaine de résidents permanents, dont un tiers d'étrangers, et près de cinq cents en été.

Je reconnais à peine les lieux, tellement tout a changé : murs relevés, toits et ouvertures neuves, enduits colorés, jardins coquets, artisans d'art, restaurants et cafés ; il n'y avait rien de tout cela, lors de notre passage. Je m'assieds pour déjeuner à la terrasse ombragée du Roc café. Dans l'église, je n'en reviens pas, le retable du XVIIe a été redoré et les volutes à la fresque du plafond brillent d'un bleu cobalt éclatant !

20
Mardi 13 août 1996

Ce matin, mon transistor annonce en boucle l'arrestation en Belgique de Marc Dutroux, un dangereux malfaiteur et violeur récidiviste. Cette fois, on l'accuse d'avoir enlevé, séquestré et violé plusieurs adolescentes... avec la complicité de son épouse ! Au café où je déjeune, la tenancière évoque l'affaire en termes catégoriques :

— Moi, ces mecs-là, je leur couperais les couilles, comme ça on n'en parlerait plus ! C'est quand même un récidiviste. Il a été condamné une première fois à treize ans et demi. Il en a fait six et voilà ! Et elle, la Michelle Machin/Truc, je comprends pas comment elle a pu rester avec !

Je réponds d'une phrase évasive entre deux bouchées de croissant, développer ce sujet complexe m'entraînerait trop loin et, à vrai dire, cette soumission m'interroge aussi.

Aujourd'hui, longue étape, je m'en vais voir la mer, qui commence à me manquer sérieusement depuis presque quinze jours que je suis parti. Pas de vent, pas de sable, pas d'embruns, pas d'odeurs de varech ni de marée. Je me sens orphelin. Je vais tirer une longue diagonale de près de deux cent cinquante kilomètres jusqu'à Pau et, une fois n'est pas coutume, emprunter ensuite l'autoroute A64 jusque Urrugne, au Pays basque. Je viens d'établir mon itinéraire sur ma carte déployée devant mon café matinal ! Montauban, Auch, Marciac, Pau, Orthez, Bayonne, Urrugne : 375 km en tout si mon calcul mental est bon. Et je ne serai pas encore à mi-parcours ! Je ne sais pas si je vais oser pousser le moteur de ma DS 19 jusqu'à la vitesse autorisée de 130. En théorie, je crois que ma voiture peut atteindre 188 km/h, mais je l'ai rodée de manière bien plus paisible, alors ce serait beaucoup la brusquer que d'aller au-delà du 140, et encore...

Ça va me donner une longue journée de route. Il ne faut pas que je tarde, sinon, avec les arrêts toutes les deux heures, la pause-déjeuner et la sieste, je vais arriver avec la nuit, qui tombe déjà assez vite à la mi-août. Et pour monter la tente, c'est moyen, comme disent les jeunes. Cette année, je me suis équipé d'une lampe frontale, mais quand même...

Tout va bien jusqu'à Pau. Mais, à la sortie de la capitale du Béarn, le voyant de ma batterie tombe dans le rouge. C'est vrai que je n'ai pas vérifié le niveau d'électrolyte depuis mon départ et que depuis quelque temps, elle a tendance à s'assécher ! Un arrêt s'impose à la prochaine station-service. Trois éléments sur six sont à sec ! Le pompiste me gratte les contacts oxydés à la toile émeri, remplit les six compartiments avec un flacon pissette d'eau déminéralisée, mais n'est pas très optimiste : elle ne doit plus tenir la charge correctement. Il faudra songer à la changer. Il n'en a pas de neuve de ce modèle et me propose de recharger la mienne un minimum pour que je puisse rouler, à moi de me débrouiller ensuite. D'accord, c'est gentil. Je poireaute trois quarts d'heure. Sollicitez-la le moins possible, me dit-il : évitez de circuler de nuit, sous la pluie, ne mettez pas la radio, etc. tant que vous n'aurez pas effectué le changement. Bon, d'accord. Je vous dois combien ? Rien du tout, pensez-vous. Je lui glisse quand même un petit billet pour la peine. La gentillesse n'est pas si courante de nos jours.

Ce doit être ma troisième ou quatrième batterie en trente-cinq ans, il n'y a rien à dire, mais la prudence du pompiste m'a mis la puce à l'oreille ! Je reprends la Nationale 117, en espérant que l'alternateur remplisse correctement son office, car comme disait Chirac, « les emmerdes, ça vole toujours en escadrille », et je me méfie...

Après Bayonne, la Nationale 10 que j'ai rejointe longe la côte et revoir l'océan est un bonheur. L'air me semble plus léger tout d'un coup et je roule, capote baissée, admirant les rouleaux ourlés d'écume qui viennent se briser sur les rochers ou mourir avec indolence sur les plages qui se succèdent. Ma destination, c'est Ciboure et son fort de Socoa. Une superbe plage et une fortification datant de Louis XIII, mais améliorée ensuite par Vauban, bien entendu. Décidément, ce type a laissé son empreinte partout ; sur toutes nos frontières, du nord au sud et de l'est à l'ouest, ses ouvrages perdurent dans le paysage, depuis bientôt trois siècles et pour quelques-uns encore, défiant le temps et les éléments après les envahisseurs du passé. Contre ceux d'aujourd'hui et de demain, hélas, il ne peut plus grand-chose : bombes et missiles téléguidés ont remplacé les boulets de son époque !

On se bouscule sur la côte landaise en cette avant-veille de 15 août et les derniers kilomètres seraient un peu pénibles si je n'étais salué à de nombreuses reprises par les estivants, à pied ou en voiture. Je réponds en soulevant mon chapeau de paille ou d'un petit coup de klaxon, le bras à la portière, le sourire aux lèvres, fier comme jamais. Cette voiture me coûte un peu cher en entretien, mais elle m'offre quand même de jolies compensations !

Camping de la Plage à Socoa. J'ai bien fait de réserver mon emplacement, sinon j'étais fait comme la romaine. Ça se dit encore, ça ? J'en doute, mais ce qui est dit est dit, n'est-ce pas ?

21
Mercredi 14 août 1996

Ce matin, je me suis réveillé sous un ciel immaculé. La journée va être belle et chaude. La mer est calme, le drapeau vert pend avec indolence le long de son mât : je vais en profiter pour aller faire trempette avant midi. Je ne nage plus vers le large comme avant et surtout pas par ici ; juste de petits allers-retours parallèles à la plage. Je connais le danger des « baïnes » de la Côte d'Argent ! Je n'ai jamais été aussi intrépide que Jeanne, qui m'a donné plusieurs fois des frayeurs en s'éloignant à la limite du raisonnable. Elle avait bien changé depuis ses premières brasses hésitantes dans les eaux de l'anse de Bréhec ! Un vrai poisson.

C'est maintenant une traversée des Pyrénées d'ouest en est qui m'attend, en six étapes : Saint-Palais, Izeste, Saint-Béat, Axat, Font-Romeu, Palau del Vidre ! Que des villages quasi inconnus, mis à part Font-Romeu. Ce n'est pas tout à fait la ligne droite, mais la majeure partie se situe quand même dans les contreforts pyrénéens ; mon moteur ne devrait pas trop souffrir.

Jeanne et moi avons découvert les Pyrénées un peu plus tard que le Massif central, lorsque la progression de l'autoroute A10 vers le sud eut rapproché la Bretagne de la chaîne de presque deux heures de trajet. Et la région nous a plu, à tel point que nous y sommes revenus à de multiples reprises, en hiver comme en été, même si personnellement j'ai une nette préférence pour ce dernier : je suis frileux et mon équilibre sur des skis est (était, à présent je ne m'y risque plus) très incertain. Que voulez-vous, dans ma jeunesse, je n'ai eu connaissance que des patins à roulettes et j'étais loin d'être bon ; les autres sports de glisse sont apparus trop tard pour moi.

Saint-Palais, pour nous, est lié à des vacances d'été en 1990 et à des turbulences politiques. Cette année-là, le jour de notre arrivée au Pays basque, c'était le 20 août, je crois, nous avons vu de nombreuses forces de gendarmerie au bord des routes et même une herse, en travers de l'une d'elles, avec des hommes, gilet pare-balles sur le dos et fusil-mitrailleur au poing. Alors qu'arrivés à Saint-Palais, nous nous préparions à nous rendre au Syndicat d'Initiative demander de la documentation touristique, nous eûmes la surprise de passer devant la Perception entourée de barrières de sécurité, de pompiers et de forces de gendarmerie : un engin explosif y avait entraîné un début d'incendie dans la nuit, causant des dégâts non négligeables. Le mouvement indépendantiste Iparretarrak – en français, l'ETA du Nord ; en abrégé IK – après de nombreux autres attentats, continuait à réclamer par la violence la libération de son leader, Philippe Bidart, emprisonné depuis deux ans.

Ce fut notre prise de conscience de la persistance du phénomène de l'indépendantisme basque français, alors qu'en Bretagne la fièvre des années FLB semblait retombée, depuis l'amnistie mitterrandienne de 1981.

Capitale de la Navarre française depuis 1521, Saint-Palais ou Donapaleu en basque, avec ses hautes maisons blanches et rouges, est une bourgade de deux mille habitants, connue pour se trouver à la croisée supposée de trois voies françaises du Chemin de Compostelle : celles de Tours, de Vézelay et du Puy-en-Velay. En 1964, ce point de rencontre a été symbolisé par l'érection au carrefour de la draille de Soyarza avec la D302, d'une stèle discoïdale ancienne dite de Gibraltar, par francisation du nom basque d'un quartier de la ville. Un jacobite nous y avait pris en photo, Jeanne et moi.

Déception à mon arrivée : le petit camping Ur Alde que nous y avions dégotté en 1990 a fermé et après une demi-heure passée au téléphone à l'Office de Tourisme, je dois pousser jusqu'à Sauveterre-de-Béarn, à une douzaine de kilomètres de là. J'avais commencé par ronchonner, mais lorsque je découvre le site, je comprends tout de suite que j'ai gagné au change ; en effet, le cadre est enchanteur : de grands emplacements ombragés au bord du gave d'Oloron, dominés par l'église fortifiée romano-gothique Saint-André. L'ensemble est bucolique à souhait. Jeanne souriait chaque fois que j'utilisais cet adjectif qui ne faisait pas partie de son vocabulaire et qu'elle assimilait peu ou prou et à tort à « grandiose ». J'ai eu beau lui expliquer maintes fois son sens, rien à faire, cela ne voulait pas rentrer et, à chaque fois que je l'employais, elle me répondait : « bucolique ? Franchement, je ne vois pas en quoi. Là, tu exagères ! »

Ma tente montée, je m'interroge sur mon menu du soir. Sans frigo ni glacière, les options sont assez limitées. Par principe, pas de viande le soir. Un potage, des féculents, du fromage et un fruit. Qu'est-ce j'ai ? Un cube de concentré de bœuf d'une marque bien connue et une poignée de vermicelle dans ma petite casserole d'eau : voilà pour le potage. Je le fais cuire sur mon réchaud à gaz, et une fois versé dans mon assiette, sans laver la casserole, j'entreprends d'y réchauffer au bain-marie une demi-boîte de raviolis. Mais, pour aller plus vite, je verse bientôt le contenu dans la casserole vidée de son eau. Il faut simplement que je remue pour que ça n'attache pas. Une caisse en plastique renversée me sert de table. Assis sur mon pliant, je touille d'une main et mange ma soupe de l'autre. Ça va finir par un accident domestique, ça ! Prends donc ton temps, vieux schnock, qu'est-ce qui te presse autant ? Bon, d'accord, je baisse le feu sous les raviolis et finis tranquillement mon potage. Au bout du compte, mes pâtes sont brûlantes et je suis obligé de souffler dessus.

Un petit gosse, blond comme les blés, me regarde en salivant depuis un moment, les bras croisés sur son T-shirt rayé rouge et blanc. Cinq-six ans, je dirais. Je regarde autour et vois, de l'autre côté de l'allée, une caravane hollandaise auprès de laquelle s'affairent un géant roux et une jolie blonde. Ça va, les parents ne sont pas loin.

Mon ordinaire semble lui faire envie. Je hasarde une invite en français, un ravioli au bout de ma fourchette :

— Tu veux goûter ?

— Mes parents ne veulent pas que j'accepte quelque chose d'un étranger, l'entends-je répondre avec surprise d'une petite voix assurée.

— Tu parles bien français, dis donc. Tu t'appelles comment ? Ta maman est française ?

— Je m'appelle Loris. Oui.

Bingo.

— Va leur demander alors, si tu veux ?

Il me regarde un instant, dubitatif, puis traverse l'allée en courant en direction de sa famille.

Je le vois parlementer, puis la mère vient vers moi en tenant l'enfant par la main.

— Veuillez l'excuser. Il est curieux et parfois impertinent.

L'adjectif retient mon attention. Ce n'est pas du registre courant, ça.

— C'est moi qui lui ai proposé de goûter mes raviolis. J'ai un peu trop.

— C'est un de ses plats préférés, vous ne pouviez pas mieux tomber, mais il a déjà dîné, merci. Vous connaissez sans doute nos horaires ?

— Ah oui, c'est vrai. Tant pis, je vais essayer de finir. Il parle très bien le français pour son âge, dites donc, sans le moindre accent !

— Oui, je suis bilingue, français-hollandais, et traductrice littéraire ; depuis sa naissance, je lui parle uniquement dans ma langue maternelle, mais il a un peu plus de mal avec la langue de son père, me sourit-elle.

— Bilingue à six ans, c'est déjà une performance, non ?

— Ne croyez pas ça. C'est plus courant que vous ne pensez avec tous les couples mixtes qu'il y a aujourd'hui, l'Europe, Erasmus, tout ça...

— Vous avez raison.

— Bon, on va vous laisser finir votre repas. Bonne soirée.

— Bonne soirée également.

22
Jeudi 15 août 1996

C'est férié. Je vais rester ici aujourd'hui. Pour commencer, grasse matinée. À neuf heures, le soleil dessine des ronds sur ma toile de tente, je risque un œil dehors. C'est Loris qui s'amuse avec une bouteille de Coca en verre. J'ai peur qu'il ne concentre par mégarde les rayons brûlants et ne mette le feu à une tente. Je me lève.

— Bonjour, Loris. Tu veux bien ne pas jouer avec cette bouteille et le soleil ? C'est dangereux.

L'enfant me regarde interloqué quelques instants, puis s'enfuit vers sa caravane.

Vers onze heures, alors que je reviens des douches, en maillot de bain et serviette sur l'épaule, mon nécessaire de toilette à la main, je croise la famille au complet, se préparant à aller faire des courses. La maman m'adresse la parole la première :

— Bonjour, Monsieur, merci d'avoir chapitré Loris. Son père lui a montré ce qui arrive quand on concentre les rayons du soleil. Il a été très impressionné. Il est même un peu penaud depuis.

Diable ! C'est la seconde fois que cette trentenaire me surprend par son langage. On voit que c'est une littéraire.

— Nous allons à la boulangerie, me dit le père avec un accent reconnaissable. Le pain français et si meilleur que le nôtre. Vous voulez quelque chose ?

— C'est gentil, merci. Écoutez, dans ce cas, je veux bien que vous me rapportiez une baguette, bien cuite, si possible.

— Une « baguette bien cuite ». OK, oui, bien sûr.

— Merci. À tout à l'heure.

— À *tout à l'heure* ?? C'est quoi ?

— C'est comme « À tout de suite », *mijn lieveling* !

— Ah ! OK, j'ai appris un nouveau truc en français, merci !

Pendant qu'ils vont au bourg, je vérifie mes stocks, dans le coffre de ma voiture : un grand paquet de chips, un autre de cacahuètes non décortiquées, une saucisse sèche, du jus d'orange, une demi-bouteille de pastis : ça va, j'ai de quoi leur offrir l'apéritif pour les remercier et fêter le 15 août en bonne compagnie ; ce sera plus gai que tout seul !

Je m'habille et mets ma tente en ordre, puis installe sur la petite table pliante qui repose au fond de mon coffre et que je n'ai sortie que deux ou trois fois depuis mon départ, gobelets en plastique, victuailles et boissons.

Trois quarts d'heure plus tard, je vois revenir Loris portant trois baguettes dans les bras, dont une bien entamée, suivi par ses parents bras dessus, bras dessous. Il me tend le plus cuit des trois pains.

— Merci, Loris. Tiens, voici tes sous.

Il ouvre sa petite main pour recevoir mes pièces de monnaie. Puis, je m'adresse à toute la famille :

— J'aimerais vous offrir l'apéritif en ce jour férié pour les Français, j'ai tout ce qu'il faut, sauf les sièges. Si vous pouviez apporter les vôtres...

C'est le papa de Loris qui répond le premier :

— C'est trop gentil. Merci. Avec plaisir. Oui, bien sûr. Peut-être vous voulez que j'apporte des glaçons ?

— Je veux bien. Vous avez vu que je voyage léger, sans frigo ni glacière ? Alors, oui, ce sera parfait.

Ce 15 août 1996, à l'heure de l'apéro, nous vidons à nous quatre le paquet de chips, croquons toutes les cacahuètes, dégustons en fines rondelles la saucisse sèche et buvons, moi et Hendrik, deux ou trois pastis bien tassés chacun, tandis que son épouse Marie et Loris règlent son sort à la bouteille de jus d'orange, le tout en nous racontant un peu nos vies respectives. Ce sont les joies du camping !

Après ça, lorsqu'ils repartent, vers deux heures, je passe directement à la case sieste !

En raison des attentats récents, le feu d'artifice traditionnel du 15 août a été annulé à Saint-Palais, mais pas à Sauveterre-du-Béarn, pour le plus grand plaisir de petits et grands. La fête n'a plus de religieux que le nom, et encore, beaucoup l'ignorent. Nous disons tous « le 15 août », « la mi-août » ; qui parle encore de « l'Assomption », à part les catholiques pratiquants ?

Jeanne, qui avait gardé en elle une part d'enfance, adorait les feux d'artifice, moi, moins, mais ce soir-là, j'ai énormément de plaisir à m'extasier avec Loris et sa famille devant les explosions multicolores qui se succèdent dans le ciel étoilé. L'espace d'un quart d'heure, j'ai l'impression d'être en compagnie du petit-fils que Paul aurait dû me donner... J'ai même cru entendre l'enfant m'appeler « opa » (grand-père) !

Vraiment, j'ai passé une belle journée, avec cette petite famille d'emprunt ! Je les ai invités à Saint-Laurent-de-la-Mer, une prochaine année. Il y a un camping tout près de la maison et de la plage. Ils n'ont pas dit non. Cette nuit, je vais bien dormir. Allez, bonsoir.

23
Vendredi 16 août 1996

Petite étape aujourd'hui, toujours dans les Pyrénées Atlantiques, direction sud-est. Une heure de route. Izeste est une commune de la vallée d'Ossau, à une soixantaine de kilomètres de là où je suis.

Euh... Voyons, c'était avant les événements de 68, c'est sûr, mais quand exactement, il faut que je vérifie dans mon petit carnet noir, un carnet de moleskine où j'ai noté année par année, les lieux et les dates de nos séjours de vacances et les principales visites réalisées. Attendez voir, oui voilà, c'était l'été précédent, en 1967. Quand nous sommes venus, la population de cette bourgade de moyenne montagne ne dépassait pas les six cents habitants, je crois bien. Je ne sais ce qu'il en est aujourd'hui. Je vais me mettre en route après déjeuner. Pas mal de gens préparent leur départ pour demain de bonne heure : ce sera la première vague des retours d'août. Déjà ! Dans mon sens, cela devrait aller ; pour remonter vers le Nord, cela risque d'être plus sportif ! La traversée d'Oloron ne sera que le premier de leurs écueils, Pau, Bordeaux, St-André-de-Cubzac, Saintes, sont autant de difficultés notables. Dans quinze jours, ce sera mon tour. J'essaierai d'éviter le flot, si je peux. Mais je me trouverai bien plus au Nord et complètement à l'Est, dans le Jura, tout près de la frontière suisse, en principe.

Il fait beau et la route est plaisante, mais quelques nuages noirs se profilent à l'horizon, derrière les crêtes. J'ai remonté la capote. Je ne tiens pas à être surpris par l'orage. Cela m'est déjà arrivé plusieurs fois. Par ici, l'après-midi, ça se gâte souvent ! Et quand il pleut, il ne fait pas semblant !

Le camping était municipal et situé au bord du gave d'Ossau. Il s'y trouve toujours, mais s'appelle désormais « Camp Municipal de la vallée d'Ossau ». Il comporte à présent une quarantaine d'emplacements tout confort. À l'époque, c'était la moitié et le bloc sanitaire était rudimentaire. L'eau chaude manquait souvent et l'électricité ne pouvait servir qu'à s'éclairer. De toute façon, il n'était ouvert que de juin à septembre. Comme autrefois, ce sont surtout des pêcheurs, la plupart à la mouche, qui viennent là, posent leur caravane et passent un mois, parfois plus, à pratiquer leur sport favori dans les gaves alentour. Si l'on est matinal, comme moi en général, on peut les voir partir dans le lit du torrent, avec leurs cuissardes, leur veste multipoches, leur chapeau vert et tout leur barda : cannes, moulinets, épuisette, boîtes d'hameçons, de leurres, de mouches, panier, pour ceux qui ne rejettent pas leurs prises à l'eau, comme cela est devenu la mode... Les épouses cuisinent, papotent et dorent au soleil ou tricotent à l'ombre.

Ici, à part deux ou trois maisons fortes, il n'y a pas grand-chose à voir et la pêche en rivière n'est pas mon truc. Le spectacle, c'est la nature avant tout. Mais pour moi, les balades en montagne, c'est presque fini. Mes jambes ne me portent pas comme avant et plus question de partir seul. Je l'ai bien vu sur le Puy Pariou. Alors, désormais, je préfère éviter les dénivelés de plus de cent mètres.

Demain, je mettrai le cap sur Saint-Béat, par Lourdes, Lannemezan et Saint-Bertrand-de-Comminges. Cent trente kilomètres environ, d'après mes calculs, mais il me faudra sous doute près de trois heures pour les parcourir, entre les petites routes, le tracé sinueux et les traversées d'agglomération.

Lourdes, n'en parlons pas. Étant petit, pour soigner un eczéma persistant, mon grand-père m'y a amené et j'ai donc été plongé dans l'eau froide de la grotte de Massabielle. J'en suis ressorti saisi et grelottant, bien entendu, mais guéri, c'est plus douteux. J'avais onze ans, la foi du charbonnier encore et la puberté fit son office, comme l'avait prédit un des nombreux médecins consultés par mes parents. Alors, chacun se fera son opinion, à sa guise. Mais le fait est qu'à partir de ma douzième année, je fus libéré de l'eczéma ! Pour le reste, à Lourdes, le commerce depuis l'origine presque, tient la dragée haute à la piété et Bernadette Soubirous serait effarée du capharnaüm qui s'étale en ville !

Lannemezan, je n'ai rien fait d'autre que de le traverser, hier comme aujourd'hui.

Saint-Bertrand-de-Comminges m'intéresse davantage. L'image de la cathédrale Sainte Marie, perchée sur l'ancienne acropole d'un oppidum romain, me reste en mémoire depuis notre première visite en 1970. C'était le soir et le ciel rougeoyait autour d'elle. Il me souvient d'avoir fixé cet instant sur la pellicule et retrouver la diapositive dans les boîtes que je conserve serait assez facile. Mais si je la regardais à nouveau, je m'apercevrais qu'en réalité la nuit était déjà tombée et qu'en ce mois de mars maussade, seule la clarté lunaire m'avait permis de saisir la silhouette massive du monument, entre deux arbres de talus dressant vers le ciel leurs moignons hérissés de rameaux dénudés. Mon souvenir intègre donc un autre passage, à un moment plus avenant dont j'ai perdu la trace. C'est une sorte de synthèse optimiste.

Saint-Béat est un village austère, coupé par une Garonne turbulente déjà et parfois violente, dont la renommée est essentiellement due à ses carrières de marbre blanc, exploitées depuis les temps gallo-romains. C'est la tautologie du nom qui m'avait attiré en premier, outre la proximité de l'Espagne, par le col du Pourtalet et le petit camping de la Garonnette, situé en bordure de rivière au milieu du village. Jeanne et moi avons rapporté de notre premier séjour ici, une pierre de marbre blanc d'un bon kilo, qui fait encore office de serre-livres dans ma bibliothèque.

En m'installant à nouveau, instruit par la catastrophe d'il y a quatre ans à Vaison-la-Romaine, où la crue centennale de l'Ouvèze a fait 47 morts et je ne sais combien de disparus, je me demande soudain si l'emplacement de ce camping a été bien pensé. Si le niveau de la rivière monte de plus d'un mètre, je suis sûr que tentes et caravanes sont dans l'eau ! Par précaution, je choisis l'emplacement disponible le plus éloigné de la rive. Certes, les Pyrénées ne sont pas sujettes aux phénomènes cévenols, mais prudence est mère de sûreté, disait ma grand-mère.

24
Samedi 17 août 1996

Branle-bas matinal au camping. Dans la nuit, une brume s'est levée sur la rivière et s'effiloche peu à peu sous les premiers rayons du soleil. On attelle les caravanes, démonte et emballe les tentes, fixe les rétroviseurs, arrime les coffres de toit et les vélos. Les enfants sont chafouins ; trop tôt réveillés, ils attendent le ronronnement du moteur et le roulis du voyage pour se rendormir. Les parents, fébriles, essaient de ne rien oublier – papiers, argent, clés, lunettes – et bâclent les derniers adieux. Des portières claquent, des démarreurs enrhumés réveillent ceux qui restent, les moteurs vrombissent. Une vingtaine d'emplacements se libère en deux heures de temps. Dès le début d'après-midi, de nouveaux arrivants prendront possession de la plupart d'entre eux. Le patron, un marseillais exilé, m'a dit hier soir avec son accent chantant, qu'il ne serait pas complet, « mais pres/que pour un/e se/mai/ne en/co/re, peu/chè/re ! ». Après, dit-il, commencera l'arrière-saison, un peu en avance sur le calendrier. Fin août fin septembre, c'est le mois des retraités. Les jours sont plus courts, mais comme beaucoup sont devenus couche-tôt, cela leur convient.

Jeanne et moi, sur ce point étions très différents : elle, lève-tard et couche-tard, moi, tout le contraire. Au début de notre mariage, cela allait encore, je l'entraînais au lit assez facilement, pour des raisons que vous pouvez imaginer sans peine, mais quand la télévision fut entrée au foyer, en 1964, il me semble, cela devint une autre histoire ! Par chance, il n'y avait que deux chaînes et les programmes s'arrêtaient à minuit. Mais lorsqu'elles se furent multipliées et que l'antenne resta ouverte vingt-quatre heures sur vingt-quatre, je commençai à déchanter ! Elle adorait les débats ; ils m'ennuyaient ; c'est pourquoi, après le film, je montais me coucher et elle venait me rejoindre une heure ou deux après. Certes, nous étions devenus sages, comme beaucoup de vieux couples, mais avions pris des habitudes, des positions pour nous endormir, et quand le partenaire était absent, c'était plus difficile. Voilà une des raisons pour lesquelles j'ai si mal dormi les trois premiers mois après son départ. Alors, j'ai changé mon lit double pour un de 90 cm motorisé – je peux surélever les pieds et la tête – et cela va mieux, sauf que si je me réveille en sursaut, à chaque fois je me crois à l'hôpital !

Mais je divague. Revenons à nos moutons.

Saint-Béat n'a pas changé tant que ça en vingt-cinq ans. La statue du Maréchal Galliéni, l'enfant du pays, a retrouvé la blancheur de son marbre d'origine sur la promenade de la rive droite, au-delà de l'église, mais c'est à peu près tout. La commune a perdu plus d'un tiers de sa population, me dit la caissière de la supérette avec qui je taille une bavette. Une fois passés les deux mois d'été, c'est le désert ici, ajoute-t-elle. La plupart des jeunes s'en vont. Il ne reste que des vieux. Tout se mécanise ; il n'y a plus d'embauche ou si peu ! La société des carrières a ouvert de nouveaux sites dans les communes environnantes, mais le nombre d'ouvriers est resté le même, à peu de chose près, et on entend dire que certains départs à la retraite ne seront plus remplacés dans les années qui viennent.

Demain, je ferai route vers Axat, dans l'Aude, un lieu de séjour plus riant que Saint-Béat. La route du Portet d'Aspet sur ma carte Michelin est blanche et étroite jusqu'au col. Je n'ose m'y risquer. Quand la voiture côtoie le vide sans parapet, je n'en mène pas large. Je ferai le détour par le Nord et Saint-Gaudens pour aller jusqu'à Saint-Girons. Ensuite, je suivrai la D117 jusqu'à Foix, puis Lavelanet, Quillan et enfin Axat. Deux cent dix kilomètres et trois bonnes heures de route m'attendent. Aujourd'hui, je vais rester tranquille et me dorer la pilule au camping. Depuis un moment, j'ai laissé en plan *Le Vieux qui lisait des romans d'amour*. C'est le moment de m'y remettre.

25
Dimanche 18 août 1996

Allongé sur mon lit de camp, je feuillette mon carnet noir. Au début de mon périple, j'avais lieux et dates en tête, après la préparation minutieuse de mon circuit, mais parvenu à mi-course, cela s'embrouille un peu dans ma tête, pas aussi bien rangée que je le pensais. J'ai dû me résoudre à ouvrir à nouveau ce calepin, incapable que j'étais de me souvenir en quelle année Jeanne et moi avions séjourné à Axat, où je dois me rendre aujourd'hui.

Eh bien, c'était en 1974. Le Président Pompidou, mort d'une sourde, mais implacable maladie, Alain Poher, Président du Sénat avait assuré l'intérim. Et depuis fin mai, nous avions élu Valéry Giscard d'Estaing Président de la République. Il avait nommé Jacques Chirac Premier ministre pour faire de la France « une société libérale avancée ». Ses premières mesures avaient été bien accueillies : début juillet, l'Assemblée avait voté la majorité à dix-huit ans et le minimum vieillesse avait été relevé de 21 % ! Sur ces bonnes nouvelles, nous étions partis en vacances. Quinze jours plus tard, avec l'adoption d'un sévère plan d'austérité, nous déchantions déjà ! La coïncidence des dates m'interpelle. J'avais cinquante-cinq ans et pensais devoir travailler dix années encore, mais, surprise, en 1982 le Président Mitterrand autorisait la retraite à soixante ans. Manque de chance, j'en avais déjà trois de plus ! Jeanne et moi avons mis notre commerce en vente dès la semaine suivante, mais il faudra dix-huit mois avant qu'il ne trouve acquéreur et au bout du compte, j'ai pris ma retraite à l'âge initialement prévu. Douze ans déjà !

Bon, ce n'est pas le sujet. Où voulais-je en venir ? Ah, oui, Axat. Pour vous situer, c'est tout près de Limoux et sa célèbre « blanquette », vous savez, ce vin mousseux qui serait le plus vieux vin effervescent du monde. Entre Pyrénées et Corbières, en pays cathare. Un village à la population déclinante, comme beaucoup, traversé par l'Aude, dans une cuvette de faible altitude. Un paradis pour marcheurs et pêcheurs à la truite. Tout à fait le genre de lieux que nous affectionnions Jeanne et moi.

C'est un dimanche de retours de vacances et Bison futé a prévenu : ce sera un jour rouge dans le sens des retours en région Aquitaine et sud-est de la France et orange dans celui des départs. Les embouteillages sont ma grande hantise au volant : quand je suis bloqué en pleine voie, une espèce d'oppression me saisit et je n'ai qu'une hâte, prendre la voie de droite et sortir par la première bretelle venue ! Une fois, il n'y a pas très longtemps, dans la traversée de Lyon, après un début d'altercation avec un conducteur que j'avais soi-disant empêché de s'insérer dans la file où je roulais, j'ai bien cru que j'allais me trouver mal. Mais avec quelques exercices respiratoires, j'ai réussi à poursuivre ma route, tant bien que mal.

Aujourd'hui, peut-être aurai-je quelques soucis dans la traversée de Foix, mais pour le reste je n'emprunte que des départementales, cela devrait m'éviter d'autres mauvaises surprises. C'est que les débrayages et embrayages intensifs me sont un peu pénibles, je redoute une crampe du mollet ou du pied gauche. C'est la vieillerie, que voulez-vous !

J'aurais voulu revoir le château de Montségur, perché à plus de 1200 mètres sur son *pog*, mais cette étape est assez proche de ma destination, je n'y serai pas pour midi, si ? Je vérifie sur ma carte. Dépêche-toi, mon vieux, alors. Je ne remonterai pas là-haut, le sentier est trop escarpé pour moi dorénavant. Je me souviens que Jeanne avait eu quelque difficulté lors de notre première visite, il y a vingt-deux ans. Nous avions pique-niqué au milieu des imposantes ruines du château reconstruit après 1244 par Guy II de Lévis, presque seuls, c'était impressionnant. J'avais évoqué pour Jeanne les légendes rattachées à ce lieu : Esclarmonde de Péreille, dame blanche de Montségur, le trésor des cathares.... Ce devait être au printemps, aux premiers beaux jours. Aujourd'hui, je me contenterai de la visite du petit musée qui s'est ouvert au village, pour me rafraîchir la mémoire.

L'unique auberge du lieu a été rénovée, mais ils ont eu la malencontreuse idée de rejointoyer toutes les vieilles pierres des murs intérieurs en blanc. Certes, la luminosité est meilleure, mais l'ensemble est écrasant et au détriment du mobilier rustique et de la décoration. Ceci dit, on y mange bien à prix raisonnable, c'est quand même l'essentiel !

Il est presque quinze heures lorsque je repars, après mon quart d'heure de sieste quotidien, pour les cinquante et quelques kilomètres restants.

S'installer dans les campings assez tôt dans l'après-midi est une règle que j'ai apprise en Espagne où les places à l'ombre sont parfois rares et d'autant plus convoitées ! Et celui que j'ai prévu aujourd'hui ne compte qu'une soixantaine d'emplacements, dans un méandre de l'Aude, au bord de la D117, à la sortie du village d'Axat. Il doit donc être assez couru et je n'ai pas de réservation. Je croise les doigts.

26
Lundi 19 août 1996

C'est encore jour de départ pour ceux qui ne sont pas soumis aux contraintes du travail et je trouve place au bord de l'Aude sans difficulté. Il est temps de songer à l'intendance. Mes provisions sont presque épuisées. La réception dispose d'un coin épicerie assez bien achalandé, mais si je trouvais une supérette, je ferais sans doute quelques économies. Voilà bientôt trois semaines que je suis parti, et entre l'essence (gros budget, la DS 19 de 1962 affichait une consommation moyenne de 12 litres au cent, mais mieux vaut compter quinze), les hébergements, la nourriture, les visites et quelques à-côtés, j'ai dépensé plus que je ne pensais. Les colonnes s'allongent dans mon carnet noir, dont les pages encore vierges me servent de livre de bord dans cette expédition. Il faut que je fasse un peu attention.

Cela va me donner l'occasion de revoir le village. En y allant, je réalise un rapide calcul mental : à six francs et des poussières le litre, pour parcourir mon périple de cinq mille kilomètres, il va me falloir sept cent cinquante litres d'essence environ et cela me coûtera plus de quatre mille cinq cents francs ! Mazette ! Je n'avais pas imaginé autant.

Le village compte deux épiceries supérettes dont une un peu plus grande que l'autre et je peux m'y réapprovisionner en produits de base pour ce qui me reste de parcours ou peu s'en faut : pâtes, sauce tomate, riz, thon, sardines, pilchards, petits pois, café moulu, chocolat, confiture, biscottes, huile, cassoulet, raviolis, saucisson sec, chips, pommes de terre, carottes, ail, oignon, allumettes, cartouches de gaz pour l'éclairage et la cuisine... Quelques produits frais : yaourts, crèmes dessert, jambon, tomates, mesclun, nectarines, une boule de pain prétranché. Ça ira pour aujourd'hui.

Je range le tout dans mes deux cageots d'intendance, bien calés sur un côté, à l'intérieur du coffre de la DS, et rentre au camping. J'ai de la lessive en retard, il serait temps que je m'en occupe. Je crois avoir vu deux machines à laver et deux sèche-linge à jetons dans un petit bâtiment qui jouxte la réception et les sanitaires. Plus besoin de corde à linge. J'ai quand même emporté une plaquette d'épingles toutes neuves. Rangées sur leur carton, elles prennent moins de place qu'en vrac dans un sac.

Tout cela n'est pas passionnant, je sais, mais un journal de bord, c'est ainsi, de bric et de broc, le tri viendra plus tard, si tri il y a.

À Font-Romeu, ma prochaine étape, dormir sous la tente ne sera peut-être pas une situation enviable. À mille huit cents mètres d'altitude, les températures nocturnes vont bientôt approcher le 0 °C et mon matériel atteindra ses limites.

À la station-service, à la sortie d'Axat, un couple d'auto-stoppeurs me hèle : en short et T-shirt, sac au dos, godillots aux pieds et casquette à large visière sur la tête, ils montent à Font-Romeu, où ils espèrent trouver quelques semaines de travail dans la restauration, pour remonter leurs finances et poursuivre leur tour d'Europe. Rien que ça. Une Australienne et un Néo-Zélandais. Elle est grande, mince et blonde ; lui, grand aussi, brun et athlétique. Leur projet me paraît tellement méritoire par rapport au mien que je les prends ! Mon coffre étant presque plein, ils doivent garder un de leurs sacs sur les genoux.

Voilà trois mois qu'ils sont partis de Sydney, Helen et Mark. Un vol Sydney-Vienne sur Lauda Air, la compagnie de l'ancien champion automobile. Et depuis, ils circulent en auto-stop : après l'Autriche, l'Allemagne, la Belgique, le Royaume-Uni, maintenant, la France. Il se sont arrêtés au Mont-Saint-Michel, à Paris, bien entendu, puis Versailles, Lyon, et veulent voir Font-Romeu, célèbre station d'altitude pyrénéenne avant de passer en Espagne et visiter Barcelone. Un reportage télévisé sur le Centre National d'Entraînement en Altitude installé là-bas depuis 1968, a décidé ces deux grands sportifs à passer par là. Le four solaire d'Odeillo aussi, plein de promesses pour un pays regorgeant de soleil comme l'Australie.

— Quels sports pratiquez-vous, Helen ?

Son français est délicieux.

— Hum, la natation, comme tous les Australiens, mais surtout *athletism*, course à pied, la vitesse, 100 m, 200 m, 400 m. C'est mon *job* pour les trois prochaines années. Je vais *integrate* l'équipe nationale espoirs.

— Très bien, félicitations. Vous espérez être sélectionnée pour les jeux Olympiques de Sydney en 2000, alors ?

— Oh, *yes of course*, je travaille pour ça.

— Et vous, Mark ?

— Moi, c'est le rugby, comme tous les garçons de Nouvelle-Zélande. Je plaisante, bien sûr, on pratique beaucoup d'autres sports.

— En tous cas, vous parlez très bien le français.

— Ma mère est franco-australienne en fait, mais j'ai grandi au pays des All Blacks et j'ai commencé à jouer à cinq ans.

— Et vous jouez dans une des équipes nationales ?

— Non, hélas, je joue dans l'équipe universitaire de Sydney. C'est là que j'ai connu Helen.

La route s'élève lentement vers Formiguères et nous devisons gaiement. Ils me félicitent pour le *incredible look* de ma voiture et me remercient d'avoir baissé la capote. Je me suis présenté et j'ai exposé mon projet en deux phrases.

— Vous logez à l'hôtel ou vous campez, me demande Mark ?

— Je campe. Mon épouse et moi avons pratiqué ce loisir pendant soixante ans, avec quelques interruptions, bien sûr, et je continue.

— Vous avez réservé ? interrogent-ils.

— Oui, c'est plus prudent, même après le 15 Août. À Font-Romeu même, il n'y a qu'un seul camping.

Je songe que leur bourse doit être assez plate, en ce moment, alors si je peux apporter ma petite contribution à un projet que j'aurais adoré mener étant plus jeune...

— On peut partager l'emplacement, si vous voulez. Je ne reste que deux nuits, mais c'est toujours ça. Et puis, vous pourrez peut-être le garder après mon départ.

— Ah, OK, d'accord, c'est gentil, merci.

27
Mardi 20 août 1996

Helen, Mark et moi avons installé nos deux tentes en décalé sur le replat de notre emplacement, pour préserver l'intimité de chacun. Une table de pique-nique fixe nous fait face, c'est parfait. Ma voiture est garée à proximité sur un petit parking. Je les ai invités à partager mon dîner. Ils ont dit oui. Je suis tout heureux de concocter un repas pour d'autres que moi. J'ai acheté deux steaks surgelés à l'épicerie du camping pour préparer des spaghettis bolognaise. Eux ont pris un pack de bières pour la soirée. Mais notre problème c'est le manque de récipients adaptés pour trois. On va être obligés de cuire les pâtes sur nos deux réchauds dans nos casseroles respectives et d'utiliser aussi nos deux poêles pour la préparation de la sauce bolognaise. Finalement, nous cuisinons à six mains !

Le soir tombe assez vite. La température fraîchit. Il faut sortir les polaires et même un pantalon en ce qui me concerne. Un lampadaire pas trop lointain nous éclaire un peu, mais pour plus de confort, j'ai posé ma lampe-tempête en bout de table. Les bières sont sorties de leur carton, le saucisson coupé en rondelles sur sa planchette et les chips dans une assiette. Helen et moi avons préparé chacun la moitié de la bolognaise, puis mis à cuire nos spaghettis, al dente, avant de faire le mélange dans nos assiettes respectives. Je picore et ils dévorent. Peut-être n'ont-ils pas déjeuné ce midi. En tous cas, ils ont une bonne descente. Je crois que le pack de dix bières va y passer. La conversation roule d'un sujet à l'autre. Je suis curieux de leurs pays respectifs :

— Où habitez-vous, en Nouvelle-Zélande, Mark ?

— Au bord du lac Taupo, au centre de l'île du Nord. C'est un lac qui occupe la caldeira d'un ancien volcan. Mes grands-parents sont arrivés là en pionniers, pour l'exploitation forestière. La famille de mon père y vit depuis. Au bord d'une plage appelée *Five Mile Beach*. C'est le plus grand lac de Nouvelle-Zélande, plus de six cents kilomètres carrés. Cent quatre-vingts mètres au plus profond. On s'y balade en bateau à roues à aubes, comme sur le Mississippi. Aujourd'hui, la contrée vit principalement du tourisme ; l'agriculture et la forêt sont passées au second plan.

— Et vous, Hélène ?

— Moi, je suis une fille des *Blue Mountains*, une région montagneuse, à une centaine de kilomètres à l'ouest de Sydney. On l'appelle ainsi à cause du reflet bleuté provoqué par les essences volatiles qui se dégagent des forêts d'eucalyptus. Mes parents tiennent une maison d'hôtes à Katoomba. La zone est devenue touristique, mais c'est surtout une banlieue-dortoir de Sydney.

J'essaie de visualiser ce qu'ils viennent de me dire. Un temps de silence s'instaure. Puis, ils ne veulent pas être en reste et m'interrogent à l'unisson :

— Et vous, Pierre ?

(En bons Anglo-saxons, leurs prénoms sont la première chose qu'ils m'ont communiquée et j'ai fait de même ; j'aime assez cette coutume). Je réfléchis un instant à la manière de présenter en quelques phrases mon petit paradis.

— Moi, je vis au fond d'une baie sur la côte nord de la Bretagne, cette péninsule du nord-ouest de la France. On y élève des huîtres et des moules. On y pêche la coquille saint-jacques, le bar et le maquereau. Mais c'est un pays presque autant tourné vers la terre que vers la mer. Agriculture, pêche et tourisme y font globalement bon ménage. Même si les pratiques intensives de culture ont créé des problèmes de pollution, comme partout, je suppose.

Ils approuvent de la tête. Leur passage par le Mont-Saint-Michel leur a donné un aperçu de mes paysages. Nous entamons les dernières bières. La température a considérablement baissé à présent. Nous avons remonté le col de nos polaires. Mark et Helen, qui sont restés en short commencent à ressentir le froid. C'est un feu de camp qu'il nous faudrait, mais ce n'est pas autorisé ici. Alors, en entrechoquant nos bières, nous nous souhaitons bonne nuit et chacun regagne ses pénates. La vaisselle attendra demain.

28
Mercredi 21 août 1996

Ce matin, Mark et moi voyons Helen revenir de l'épicerie du camp en dansant, un sachet de viennoiseries et une baguette dans les mains. Elle est jolie, Helen, auréolée par le soleil levant, ses cheveux mi-longs flottant sur ses épaules.

— *Hey ! What's going on ?* interroge Mark, le sourcil levé, un sourire aux lèvres.

Elle a eu la bonne surprise de trouver un avis de poste vacant placardé à la réception : une animatrice s'est blessée hier et sera indisponible pour quinze jours au moins. Comme Helen dispose d'un diplôme équivalent à notre BAFA, elle a aussitôt soumis sa candidature. Son plus : elle est trilingue, anglais, français, espagnol, ce qui est parfait pour la clientèle présente ici. Entretien ce soir avec l'équipe de direction et délibération dans la foulée. C'est inespéré et voilà l'explication du petit déjeuner amélioré que nous allons prendre.

Je n'ai pas mangé de croissant depuis mon arrêt imprévu chez Jacqueline, là-bas du côté de Poitiers. Cette journée commence bien. Celui-ci est tout frais arrivé de chez le boulanger. Au beurre, croustillant, délicieux.

Mark, une fois son copieux petit déjeuner avalé – banane, croissant, pain, confiture, jus d'orange, café – se prépare à effectuer le tour des établissements de restauration de la station dans la matinée. Nous croisons les doigts pour lui.

Moi, je crois que je vais monter au lac des Bouillouses, mais je ne sais pas encore comment. Jusqu'à la fin du mois, la route n'est ouverte qu'à des navettes en car, pendant la journée, à partir du Plà de Barrès. Tout monter à pied, il n'en est pas question. Restent les télésièges. Celui du Roc de la Calme pourrait me hisser au sommet et celui de la Calme Nord me redescendre à Pradeilles. Et de là, en une demi-heure le sentier me conduirait au plateau des Bouillouses sans trop souffrir. Ce devrait être possible. Oui, je vais faire ça.

Les Bouillouses, c'est un lac de barrage du début du XXe avec un hôtel de montagne et un refuge, si je me souviens bien. L'ouvrage d'art fut construit pour alimenter des microcentrales hydroélectriques réparties le long du trajet du Train Jaune, la ligne de Cerdagne, qui mène de Villefranche-de-Conflent à Latour-de-Carol.

Jeanne et moi sommes venus ici il y a vingt-cinq ans, au tout début du printemps, qui n'est pas la période idéale : pas trop de neige en station, des pistes de ski de fond qui se dégarnissent et des sentiers de randonnée boueux ! Nous n'étions restés que quelques jours. J'espère avoir meilleure impression, cette fois.

Mark a décliné l'offre d'Helen de réaliser avec lui la tournée des pizzerias, restaurants et autres boutiques de *fast food*. Sa copine s'est débrouillée seule, il souhaite en faire autant. C'est sans doute de la fierté mal placée, mais dans ces conditions, je propose à Helen de m'accompagner aux Bouillouses, ce qu'elle accepte avec joie.

Nous commençons la préparation de nos sacs – en montagne, il faut tout prévoir –, pendant que Mark va revêtir une tenue adaptée à un éventuel entretien d'embauche : pantalon, chemise, chaussures fermées. De cravate, il n'a pas et n'en a porté qu'une fois, à l'enterrement de sa grand-mère dans un sanctuaire maori à Rotorua. Il en achètera une, le cas échéant, s'il doit effectuer du service en salle.

En restauration, il a déjà tout pratiqué ou presque : la plonge, bien entendu, le service – terrasse et salle – en brasserie, et commis de cuisine aussi, une fois ou l'autre. C'est qu'il a travaillé tous les étés depuis ses seize ans, le plus extravagant de tous ces petits métiers ayant été celui de tondeur de moutons, mais il a également cueilli des kiwis et réalisé les vendanges plusieurs fois. C'est un garçon calme, posé, qui présente bien, pas trop contestataire ; il est confiant : jusqu'ici, il a toujours trouvé de l'embauche. Helen l'aime et l'admire, cela se voit dans les regards qu'elle pose sur lui.

Nous voilà partis. Au passage, nous déposons Mark au centre de la station avant de monter jusqu'au parking du télésiège. La matinée est belle, mais le ciel déjà un peu ennuagé à l'Ouest. Au camping, le panneau météo annonçait un risque d'orages pour tantôt. J'espère qu'on sera rentrés pour alors.

Par temps dégagé, les parcours en télésiège sont très agréables et la vue panoramique imprenable, surtout à la descente sur Pradeilles où nous avons dans notre champ de vision tout le plateau des Bouillouses, avec ses différents lacs et au fond les pics Péric. Helen n'arrête pas de s'exclamer en anglais et en français, mélangeant les registres : « *Oh my God ! This is so beautiful !* Putain, que c'est beau ! » Il n'est pas encore midi, mais le soleil tape déjà fort. La casquette est de règle.

Nous voilà en vue du lac. Devant l'Hôtel *Les Bones Hores* (les bonnes heures en catalan), une vaste prairie clairsemée de pins et de roches s'étend : nous devrions trouver sans difficulté un coin sympa par ici. C'est pour moi un des meilleurs moments des balades en montagne : celui où, après quelques repérages, vous décidez de l'endroit pour pique-niquer, aussi isolé que possible de vos congénères, face au spectacle de la nature, avec ceux que vous avez choisis pour vous accompagner. Aujourd'hui, je suis gâté et un peu honteux d'être en si bonne compagnie. Je me retrouve projeté cinquante ans en arrière, mais la nostalgie est de courte durée. Suivons le conseil d'Horace : *carpe diem !*

Tomates, œufs durs, pâté de la mère Lalie (producteur local de Binic), saucisson, baguette fraîche, fruits secs et eau de nos gourdes, allongés sur nos anoraks, adossés à des rochers, nous nous restaurons copieusement, tout en devisant de choses et d'autres, avant de piquer du nez quelques minutes. Puis Helen se tartine visage, jambes et bras de crème solaire. Sa peau claire de blonde tachée de son est fragile. Si mon vieux cuir tanné ne craint plus grand-chose, je sacrifie pourtant à cette précaution. Le ciel s'est couvert, mais les rayons du soleil n'en sont pas moins agressifs. Nous traversons le barrage et marchons jusqu'à l'auberge du Carlit où nous commandons un café en terrasse. On nous prend pour un grand-père avec sa petite fille. Je suis flatté et ne démens pas. Helen non plus. Nous nos regardons en souriant.

Quinze heures. Il est temps de rebrousser chemin et remonter au télésiège. Un léger vent frais souffle à présent. Le ciel se couvre de plus en plus. Souhaitons que l'orage ne gronde pas trop fort. Nous risquerions d'être bloqués en haut du Roc de la Calme. Et même à couvert dans la station d'arrivée, il ne fera pas chaud à plus de 2200 mètres d'altitude !

Pour l'instant, d'après ma carte IGN, deux kilomètres et demi de descente douce – pas plus de cent mètres de dénivelé – nous attendent. Mais je sens que nous allons presser le pas.

29
Sous l'orage

Nous sommes arrivés au pied du télésiège sous un ciel devenu noir et menaçant. Curieusement, la décision de fermer la station n'a pas encore été prise et nous empruntons le premier siège qui se présente, sous l'œil impavide de l'employé. C'est un parcours d'un peu plus d'un kilomètre jusqu'au sommet et quand des éclairs commencent à zébrer le ciel à l'ouest, je souhaiterais que la montée se fasse plus vite, je vous l'assure. Ma montre-chronomètre m'indique que nous montons à plus de 180 mètres/minute, mais les dix minutes du voyage me paraissent bien longues quand même. Helen, plus habituée que moi sans doute aux intempéries extrêmes dans son île-continent, ne bouge pas un cil et son calme olympien m'impressionne.

Dès notre arrivée au sommet, nous nous précipitons dans la gare de descente, toujours en fonctionnement, et attrapons le second siège qui se présente, mais à peine l'arceau de sécurité s'est-il rabattu sur nos genoux que les cataractes du ciel s'ouvrent soudain après un ultime zébra de la foudre au loin dans le ciel. Ce télésiège va plus vite que le précédent et la distance est moindre, mais en trente secondes, à la sortie de la gare nous nous retrouvons pantalon et short trempés, car la pluie nous frappe de face et se transforme par moments en petits grêlons qui nous fouaillent le visage et les jambes, nous obligeant à enfouir nos têtes encapuchonnées dans l'épaule de l'autre pour nous protéger autant que possible.

Que se passerait-il si la foudre tombait sur un pylône ? Peut-elle parcourir un câble sur toute sa longueur et se propager à tous les sièges ? De quelles sécurités disposent ces installations ? Ces questions angoissantes traversent mon esprit tandis que nous descendons sur Font-Romeu à quatre mètres par seconde, d'après mon chrono.

Moins de trois minutes plus tard, nous sommes en bas, lorsqu'une explosion formidable retentit au-dessus de nos têtes. La foudre vient de frapper le Roc de la Calme ! Mes oreilles se bouchent et les tympans me font mal. Sortis en courant du bâtiment d'arrivée, nous regardons là-haut. De la fumée s'échappe du bâtiment et bientôt des flammes surgissent, tandis qu'une sirène se déclenche.

L'hélicoptère de la Protection civile décolle et nous entendons des sirènes de pompiers monter vers nous. Une équipe de secours va tenter d'utiliser le télésiège s'il fonctionne encore, tandis qu'un camion emprunte la piste en lacets qui mène au sommet. En plus de l'employé de la gare, il y avait sans doute des vacanciers présents au moment de l'impact. La structure métallique n'aurait-elle donc pas joué son rôle protecteur de cage de Faraday ?

Helen et moi nous retrouvons en petite tenue dans ma voiture, en train de nous sécher avec une serviette que je plie en quatre sur mon siège pour éviter les brûlures du cuir en été, assistant à ce va-et-vient agité, tandis que la police municipale, accourue elle aussi, tente d'éloigner les curieux de la gare de départ.

Ouf ! Nous l'avons échappé belle, dirait-on.

— On a bien mérité un chocolat chaud au bistrot d'à côté, non ? demandé-je à Helen, dont les mâchoires s'entrechoquent. Le froid ou le contrecoup de la frayeur subie ? Les deux, sans doute.

Je l'enveloppe dans le plaid écossais qui recouvre mon siège arrière. Elle me remercie et opine du chef en silence, encore incapable de parler.

De retour au camping, après nous être réchauffés au Bistrot de la Calme, nous trouvons Mark en train d'essayer de faire des longueurs dans la piscine. Mais c'est difficile avec tous les enfants qui jouent et sautent partout. Il nous fait signe de la main avant de sortir du bassin d'un prompt rétablissement sur le bord.

— Alors ? interrogeons-nous de conserve.

— Pas terrible, de la plonge, une semaine, c'est tout, dans un snack un peu plus bas, répond-il, d'un air dépité.

— Tu as accepté ? demande Helen. C'est payé combien ?

— Mille cinq cents nets pour 48 heures. Pas encore, je peux rendre réponse ce soir, on verra, en fonction de ton résultat à toi. Si tu es prise ici, j'accepte le job. Sinon, on passe directement en Espagne ; ce sera peut-être plus facile là-bas.

Ils se tapent la main droite levée, paume contre paume, pour marquer leur acceptation de ce deal entre eux. C'est le « Tope là ! » anglo-saxon.

30
Jeudi 22 août 1996

Ce matin, j'éprouve un sérieux coup de blues. Helen et Mark viennent de partir ! Contre toute attente, elle, n'a pas été embauchée comme animatrice au camping, sans qu'on lui donne d'explications et lui, dans ces conditions, comme annoncé, n'a pas accepté l'offre du patron de snack-bar qui lui proposait un CDD de plongeur d'une semaine. En une demi-heure, ils ont plié bagage, après le petit déjeuner, un peu amers, mais pressés aussi de poursuivre leur voyage dont le terme approche. Je me retrouve tout seul et un peu perdu, après l'aventure vécue la veille et quarante-huit heures d'heureux voisinage avec ces sympathiques jeunes de l'autre bout du monde.

Bien entendu, pour eux, je n'étais qu'un des multiples contacts de leur périple, plus exotique que d'autres peut-être, et encore... Je m'interroge. À quoi tout ceci rime-t-il ? À quoi bon rencontrer des gens, gagner de nouvelles connaissances, si c'est pour les quitter ou les perdre presque aussitôt ? J'ai l'humeur chagrine. Mais ce n'est pas tout. Il m'apparaît aussi qu'en prenant régulièrement des risques, souvent inconsidérés, je cherche avec plus ou moins de constance à rejoindre Jeanne, à mettre un terme à cette errance estivale. Et mon vieux fond de culture judéo-chrétienne me souffle que ce n'est pas bien.

La vie ne vaut rien, disent certains, mais rien ne vaut une vie, rétorquent d'autres ; et moi, je suis là, ballotté entre ces deux pensées extrêmes. C'est épuisant. Je crois que je vais faire comme Helen et Mark : plier bagage, bouger de là, aller voir ailleurs si l'herbe est plus verte, enfin, bref, lever le camp dès ce matin ! Et m'occuper les mains pour éviter de tourner neurasthénique. Quand j'étais en activité, seul dans mon atelier, je pouvais passer des heures concentré sur un bijou ou une montre en réparation, sous le faisceau de la lampe Waldmann, oublieux de mes soucis, omettant même de répondre aux appels de Jeanne, toujours pressée de me voir rentrer au logis et un peu jalouse des deux vendeuses de la boutique. Moins, quand ces fidèles au poste ont commencé à prendre de l'âge, comme nous.

Aussitôt dit, aussitôt fait, je démonte ma tente et remplis mon coffre. L'activité me requinque pour un temps.

Je vais quitter la Cerdagne pour gagner la plaine du Roussillon et un petit bourg d'arrière-pays nommé Palau del Vidre. À une centaine de kilomètres d'ici, tout au plus.

C'est la bizarrerie du nom catalan de cette bourgade (mot à mot : le palais du verre) qui me l'avait fait retenir une année où nous n'avions pas obtenu de réservation dans la station voisine d'Argelès, pour nous y être pris trop tard. Comme souvent, je l'avoue ; que voulez-vous, j'ai toujours éprouvé beaucoup de difficulté à réserver mes vacances d'été en décembre ou janvier !

Dès le Moyen Âge, l'artisanat du verre avait été une spécialité de la commune, d'où le toponyme adopté. Puis l'industrialisation avait causé sa disparition, avant que l'essor du tourisme ne provoque une renaissance réussie. Jeanne et moi avions déjà vu un souffleur de verre à l'œuvre, à Biot, je crois, mais c'est à Palau del Vidre que nous avons découvert le maître verrier Jorge Mateus, qui chaque après-midi, organise des démonstrations dans son atelier de la place del Gall. Le public ébahi le voit cueillir à la gueule du four avec sa canne une boule de verre en fusion, puis lui donner par son souffle le volume souhaité, avant de la parer, la teinter, la travailler en fonction de l'objet qu'il désire obtenir. L'atelier regorge de pièces toutes plus surprenantes les unes que les autres. Les préférées de Jeanne étaient les sulfures, ces presse-papiers, le plus souvent sphériques, aux formes et couleurs intérieures prodigieuses. Nous en avons ramené un, bien entendu, avec un décor style corail, rouge, étonnant de ressemblance. Il trône sur mon bureau.

Le camping Le Haras occupe le parc d'un relais de chasse du XIXe. J'espère que je pourrai y trouver une petite place, parce que je n'ai pas de réservation. J'ai deux objectifs en revenant ici : retourner à Collioure qui m'avait enchanté, peut-être pousser jusqu'à Céret et, si je peux, retrouver les traces du camp d'Argelès où le Gouvernement français a parqué de façon honteuse les Républicains Espagnols de la Retirada qui en 1939 fuyaient le régime de Franco, en mémoire de Victor. Mais, c'est vrai, vous ne savez pas qui est Victor.

Victor, c'est un combattant républicain espagnol, échappé du camp d'Argelès, avant qu'il ne soit enclos et qui, avec la complicité de communistes catalans, parviendra jusqu'en Bretagne en juin 1939, intégré dans un contingent de trois cent vingt personnes, femmes, enfants et hommes de plus de quarante-cinq ans. Le Préfet, dans l'urgence, en l'absence de locaux adaptés, les fit installer dans une usine désaffectée de la rue de Gouédic, à Saint-Brieuc. Pour les suivants, il fallut réquisitionner les prisons de Guingamp et de Dinan. J'avais retenu à l'époque les quelques lignes de l'Ouest-Éclair qui rendaient compte de leur pitoyable installation : « Il n'y a pas de lits, ils dorment sur des paillasses de paille prêtées par l'armée, avec les machines de l'usine au milieu. Il y a des trous dans le toit, il pleut. Pas de salle de bains et un seul w.c. pour 300 personnes ! » Imaginez un peu !

Mes parents et ceux de Jeanne faisaient partie des Briochins qui les ont visités et secourus. Ils ont pu en faire sortir un certain nombre. Et parmi eux, Victor. Il était horloger de formation, avait enterré dans les sables d'Argelès sa femme, morte d'épuisement en février 39. Alors, nous l'avons recueilli et mon père l'a pris à l'atelier. Je parlais espagnol. Ça a facilité les choses. Il est resté avec nous dix ans. Puis, il s'est remarié avec une compatriote rencontrée à Paimpol et ils ont ouvert un commerce. Quand Franco est mort et que l'amnistie a été votée, ils sont rentrés au pays. J'ai perdu leur trace.

En fin de compte, j'ai trouvé un emplacement à Palau del Vidre, grâce à un retard de Hollandais, arrêtés par une panne sur l'autoroute des vacances. Ils n'arriveront que demain ou après-demain, me dit la fille de la réception. Cela fait bien mon affaire. Ce soir, je vais dîner à Argelès. La soirée est superbe. Il fait doux et les orangers du Mexique embaument. J'ai retrouvé de l'allant, profitons-en !

31
Vendredi 23 août 1996

Je me suis couché à minuit passé, le cœur en paix et l'appétit rassasié, après avoir dégusté un loup grillé au romarin, accompagné de pommes de terre sous la cendre dans un tout petit restaurant du bord de mer, tenu par un couple qui a passé depuis longtemps l'âge de la retraite. Un petit pichet de rosé bien frais et une boule de glace à la vanille par là-dessus, le tout pour cent francs.

Il est 7 h 50. Je me réveille donc guilleret quand mon transistor ramène tout d'un coup le fracas de l'actualité dans ma tente : à Paris, le ministre de l'Intérieur vient de donner aux CRS l'ordre d'évacuer *manu militari* les deux cent dix sans-papiers, familles avec enfants en bas âge pour la plupart, qui occupaient depuis presque deux mois l'église Saint-Bernard, dans le dix-huitième arrondissement. J'entends les coups de merlin dans les portes du sanctuaire, les cris, les pleurs et les tirs de grenades lacrymogènes, les cars qui arrivent où l'on fait monter de force ces migrants pour les emmener au centre de rétention de Vincennes. J'imagine des coups de matraque. Des images anciennes me reviennent. Je souffre dans ma chair avec eux. Le curé de la paroisse, Médecins du Monde, le DAL, des personnalités médiatiques aussi diverses qu'Ariane

Mnouchkine, le Professeur Schwartzenberg ou Emmanuelle Béart, dénoncent ce coup de force, la voix pleine d'indignation.

Il semblerait que tous ces gens aient trouvé du travail chez nous. Leur seul tort est de ne pas posséder de titre de séjour en règle. Alors, un peu d'humanité, s'il vous plaît !

Après m'être remis de ce pénible réveil en fanfare, je vaque à mes occupations matinales avant de prendre la route de la côte en direction de Collioure.

Le panorama de Collioure est un de ceux qui m'enchantent le plus. Seulement, y accéder en été se mérite ! La Nationale 114 est encombrée. Il fait beau, je roule capote baissée, le bras à la portière, et n'étaient les effluves surchauffés du bitume, mêlés à ceux des gaz d'échappement, je serais indifférent à ces petits tracas. Que la pollution automobile devienne un problème sérieux n'est pas pour me surprendre ! À la veille de la Seconde Guerre mondiale, il y avait en France à peine deux millions et demi d'automobiles. Ce chiffre est aujourd'hui multiplié par dix, annonçait la télé, il y a peu ! Et chacun roule davantage, prend plus de vacances, travaille plus loin de son domicile... Les émissions nauséabondes et nocives ont cru d'autant ! Cela n'a rien d'étonnant.

Ceci dit, il ne faudrait pas que je sois bloqué des heures dans un embouteillage dans ces conditions, car je commence à me sentir oppressé. Par chance, une légère brise de mer se lève et évacue les fumées vers l'intérieur des terres.

Me voilà sur les hauteurs qui dominent Collioure. Selon les lacets de la route, j'aperçois Notre-Dame-des-Anges, son clocher phare si reconnaissable, ses épais contreforts, sa galerie de briques en surplomb, se dressant au bord de la plage de galets de Boramar. À l'opposé, le Château des Rois de Majorque ferme la crique et, au loin, dominant le tout, le fort militaire Saint-Elme. Cette vue vaut bien le voyage ! Je ne veux pas stationner trop sur la hauteur et je me prépare à tourner en rond pendant un certain temps pour me garer quand, devant moi, Place du Général Leclerc, un véhicule quitte son emplacement, convoité par toute une file à l'arrêt. C'est mon jour de chance ! Je suis à deux pas du port.

Il va être l'heure de se restaurer ; j'avise une terrasse avenante où demeurent quelques tables libres pour personnes seules comme moi. J'en choisis une à laquelle le parasol d'à côté donne de l'ombre. Pour l'instant. Il fait chaud. Je vais boire de l'eau pétillante, c'est plus prudent. Garçon, s'il vous plaît ?

C'est une jeune fille qui s'avance, casquette à visière sur ses cheveux blonds, en jeans, baskets et chemisier blanc. Les emplois étudiants de l'été. Paul avait occupé un de ces postes, deux ou trois mois, pendant ses études. J'y pense parce que cette demoiselle a un petit air de ressemblance avec Léa, son épouse décédée.

Elle arbore un sourire qui ne m'a pas l'air trop commercial :

— Bonjour, c'est pour déjeuner ?

— Oui, s'il vous plaît.

— Je vous apporte la carte.

— Ne vous donnez pas cette peine. Je prendrai une salade niçoise, une demi-bouteille d'eau gazeuse et un galopin en apéritif.

— De vin ou de bière ?

— De bière, de bière. Chez moi, un galopin, c'est toujours de la bière.

— Ça, c'est parce que vous venez d'une région où l'on ne produit pas de vin, me répond-elle en souriant.

— C'est juste. Je viens de Bretagne.

— J'y vais en vacances, parfois, ça nous change de la chaleur d'ici. Je vous apporte les boissons tout de suite.

Je brûle de lui répondre qu'en Bretagne aussi, il fait beau et chaud, souvent, mais je me tais. Je ne suis pas d'humeur à lutter contre les stéréotypes. Elle s'éloigne d'un pas souple, vers une table à desservir, mettant en pratique un des adages de la profession : ne jamais retourner en cuisine les mains vides !

J'observe les dîneurs et les passants. C'est varié et distrayant. Cela va du bikini à la limite de la décence jusqu'au costume d'été de lin blanc, en passant par la robe fleurie, la minijupe au ras des fesses, le jogging ou le bermuda et pas mal de maillots de football : des numéros 7 et 10, de Zidane à Cantona, en passant par Thierry Henry et Platini. Et des T-shirts de groupes, chanteurs ou leaders dont je ne connais rien ou presque : Nirvana, Oasis, Cranberries... aux côtés d'étoiles établies : Beatles, Stones, John Lennon et l'inusable Che. Entre autres.

Après un petit café, je reprends le volant en direction de Céret. Une grosse demi-heure de route. Ce n'est plus, hélas, la saison des fameuses cerises Burlat qui ont établi la renommée du lieu, mais au moins vais-je avoir l'occasion d'admirer à nouveau les Picasso, les Matisse et autres chefs d'œuvre de la cohorte de leurs amis au Musée d'Art moderne créé en 1950 par Haviland et Brune dans l'ancien couvent des Carmes. J'ai hâte aussi de voir la réhabilitation et l'agrandissement du musée, inaugurés par le Président Mitterrand, il y a trois ans.

32
Samedi 24 août 1996

Hé, hé ! Le dicton a raison : « À la Saint Barthélemy, la grenouille sort de son nid ». Il bruine et je revis. Trois semaines sans pluie, c'est une éternité pour un Breton et depuis mon départ, à part l'orage du lac des Salhiens et celui des Bouillouses, je crois bien que j'ai eu beau temps sur toute la ligne. Certes, en camping, les intempéries ne sont pas pain bénit, mais rien de tel qu'un bon petit crachin, pour vous laver la figure et la cervelle ! Je vais pouvoir sortir ma cape et aller à pied jusqu'à la verrerie.

Hier après-midi, j'ai passé deux heures excellentes au Musée de Céret où j'ai revu plein d'œuvres qui m'enchantent et fait deux découvertes : Chaïm Soutine, que je ne connaissais que de nom et Édouard Pignon, dont j'aime beaucoup les premières œuvres et infiniment moins celles qui ont suivi. Jusque-là, pour moi, il n'existait qu'un Pignon célèbre : celui du « Dîner de Cons » de Francis Veber, qui m'a tant fait rire, il y a quelques mois, lors de sa représentation à Saint-Brieuc. C'était au Cinéma-Théâtre « Le Royal », juste avant qu'il ne ferme, avec Jacques Villeret dans le rôle éponyme. Ce fut notre dernier spectacle ensemble, à Jeanne et moi.

Les gens d'ici n'avaient pas vu la pluie depuis deux mois, alors ils sont plutôt contents, mais cette bruine va tout juste mouiller la poussière. Il faudrait beaucoup plus pour que les sols en profitent et que le niveau des nappes phréatiques soit revu à la hausse. Le dernier épisode de grosse, grosse pluie remonte à fin janvier : en deux jours, il était tombé 170 litres d'eau par mètre carré ! Mais depuis quasiment rien ! me dit la boulangère du bourg, une femme opulente, à l'accent chantant, « qui soutient ce qu'elle avance », comme disait mon père.

S'il cesse de pleuvoir bientôt, je démonte et pars cap au Nord-Est jusqu'à Uzès. Deux cent soixante-quinze kilomètres, si j'ai bien compté, et environ cinq heures de route, sans les arrêts.

Je redoute un peu cette étape, qui me ramène presque cinquante ans en arrière.

C'était en 1950. Nos premières vacances avec la 4CV Renault et Paul, qui venait d'avoir douze ans. Nous logions chez l'habitant. À la sortie de la ville, dans une grande maison de ferme, et nous prenions nos repas avec nos hôtes sous une pergola couverte d'une bignone et d'une vigne qui nous abritaient des ardeurs du soleil de midi.

L'hôtesse avait pris Jeanne en affection et lui apprenait à cuisiner les plats d'ici. Rôtir, frire et mijoter à l'huile d'olive, elle n'avait jamais vu ça, ma Jeanne, mais, après les moues dédaigneuses et les grimaces du début, elle y avait pris goût à la cuisine du Midi ! Nous avons même rapporté tout un tas de recettes, dont certaines sont entrées et restées dans nos menus par la suite : l'aïoli, la brandade de morue à la nîmoise, la tapenade, les moules farcies et la fougasse !

Uzès était alors une ville endormie sous ses platanes et dans ses palais décrépits, mais il y faisait bon vivre et boire l'anisette ou le vin cuit sous les arcades pluricentenaires.

Nous étions là depuis une semaine à lézarder et visiter la ville et ses environs quand un matin, alors que Jeanne était en cuisine avec notre hôtesse autour d'une guardianne de taureau et moi plongé dans un livre dans le hamac tendu entre deux platanes, nous entendîmes soudain un cri de douleur, puis plus rien : je me levai et montai en hâte l'escalier qui menait à la terrasse. Paul avait eu l'idée saugrenue de jouer les équilibristes sur le mince muret qui la ceinturait, venait de chuter et gisait ensanglanté sur les graviers de la cour.

Je redescendis les marches quatre à quatre et accourus à son secours, suivi par Jeanne et notre hôtesse. Il était inconscient. Sa tête avait porté sur une grosse pierre descellée de la margelle du puits voisin et du sang s'écoulait de la blessure.

Notre état, à Jeanne et moi, devint instantanément indescriptible : agitation, confusion, précipitation. Cet enfant, nous l'avions obtenu après tellement d'attente que nous le couvions comme la prunelle de nos yeux et le moindre des maux qui l'affectaient nous était insupportable. Jeanne voulait le prendre dans ses bras. Moi, le porter dans la maison. Par chance, notre hôtesse était une femme de tête qui avait été infirmière de guerre bénévole.

— N'y touchez pas ! nous intima-t-elle, et allez composer le 18 au téléphone du salon.

Mes doigts tremblaient tellement que je dus m'y reprendre à deux fois avant de réussir à tourner correctement le cadran pour composer le numéro des pompiers. Le temps que l'opératrice du central me mette en contact avec la caserne me parut une éternité. Mais un quart d'heure plus tard, l'ambulance était là. Avec d'infinies précautions, deux hommes glissèrent Paul sur une civière, nous montâmes avec eux dans le véhicule qui actionna son klaxon bi-tons et prit la route de l'hôpital proche.

Le traumatisme crânien était sérieux et la zone touchée, dite de Broca, laissait craindre des séquelles au niveau du langage. Paul est resté huit jours dans un coma léger, et sa mère et moi nous sommes relayés vingt-quatre heures sur vingt-quatre pour être à ses côtés. Telle fut notre seconde semaine de vacances à Uzès, bien différente de la première. Le matin du dernier jour de notre location, alors que nous envisagions de prolonger, Paul répondit à une pression de main de sa mère et, dans l'après-midi, il ouvrit les yeux ! Le soir même, il nous parlait, en pleurs, pour demander pardon.

Les médecins convinrent que nous pouvions envisager son rapatriement en ambulance à la clinique de Sainte Thérèse où son rétablissement complet prit encore trois semaines.

De cette malencontreuse chute, il a gardé par la suite et jusqu'à sa mort une lenteur d'énonciation qu'il déguisa d'un flegme britannique et nous, il nous est resté une intranquillité de tous les instants.

C'est fini à présent, hélas.

Toinette – ça y est, son prénom m'est revenu – et son mari sont morts depuis sept et dix ans déjà, mais la maison, tenue par une de leurs filles, accueille toujours des pensionnaires et cela me fait tout drôle de monter à nouveau les marches de pierre, moussues dans les coins, qui mènent à la pergola.

Sur le muret de briques qui vit chuter Paul trônent un lapin et une poule en terre cuite qui auraient enchanté le petit garçon qu'il était alors. La bignone est en fleurs et ses élégants cornets rouge-orangé se détachent sur le crépi clair du mur. Je frissonne, pas de froid, non, mais d'émotion.

33
Entre-deux

Marie Cazes ressemble tellement à sa mère que j'ai beaucoup de mal à ne pas l'appeler Toinette. Cela m'a échappé une fois ou deux déjà depuis mon arrivée. Au premier étage de la maison, j'ai retrouvé la chambre que j'occupais avec Jeanne, il y a quarante-six ans. Même bois de lit et même armoire régionale en noyer ; cependant, sommier, matelas, rideaux, papiers et peintures ont été renouvelés. Celle, attenante, où dormait Paul a été transformée en salle de bains avec w.c. séparés. À l'époque, nous nous lavions encore à l'aide d'une cuvette de faïence, posée sur une table de toilette au dessus en marbre. Nous y versions l'eau, froide bien entendu, d'un broc assorti, aux motifs fleuris. Et pour la nuit, nous disposions d'un seau hygiénique en tôle émaillée. Les seuls « vécés » de la demeure se trouvaient encore au fond du jardin !

Son mari est chauffeur de car moyennes distances. Marie, elle, tient cette maison d'hôtes depuis son licenciement de l'usine de terres réfractaires voisine. Avec sa prime, le ménage a modernisé le logis, mis aux normes l'électricité et le chauffage, tout en gardant le cachet ancien, les tomettes du sol, les carreaux vernissés de la cuisine, les meubles, ustensiles et bibelots d'époque. Je ne suis pas dépaysé. Mais ce soir, j'ai droit à une bonne douche, dans une salle de bains plus confortable que les cabines spartiates des campings des jours précédents. C'est appréciable.

Marie m'a demandé ce qui me ferait plaisir pour le dîner. Sans réfléchir, j'ai dit : « Des moules farcies. » Elle a souri et dit : « Ça, c'était une recette fétiche de maman ! » J'ai acquiescé. Elle a poursuivi : « C'est d'accord ! S'il reste des moules de Bouzigues. » Elle est partie téléphoner : il en restait. Elle a fait mettre trois litres de côté. C'est un petit bonheur en perspective.

Je me suis régalé. Mes hôtes ont dit que cela faisait plaisir à voir ! Ces moules-là, on ne les trouve pas par chez nous. Elles sont bien plus grosses et charnues et cette chair offre un goût plus prononcé que celle des moules de bouchot de Hillion ou Locquémeau auxquelles je suis habitué. Marie a gardé le tour de main de sa mère.

...

Demain, je devrais remonter jusqu'à Aubenas, en Ardèche. Une petite centaine de kilomètres. Avant de descendre la vallée du Rhône jusqu'en Provence ; mais j'hésite. Une grande lassitude s'est emparée de moi. Ou j'ai mal digéré les moules farcies d'hier soir ou je couve quelque chose. Ce matin, je peine à me lever. Je crois que je vais zapper cette étape, rester ici aujourd'hui et aller directement à Saint-Rémy de Provence demain. Je ne sais pas pourquoi j'ai mis Aubenas dans le circuit. Cela m'oblige à un détour sans grand intérêt.

Ah si, si, je sais pourquoi. C'est là que Jeanne et moi avons campé pour la première fois en mobile home ! Et cela ne nous a pas plu. Trop de confort. Frigo, four, congélateur, canapé, télé, magnétoscope... Tout comme à la maison. Ce n'était pas notre conception des vacances. Mais au moins pouvions-nous ensuite en parler d'expérience !

Cette année, tout de même, je ne dirais pas non à un supplément d'aise. Je suppose que ça aussi, c'est un contrecoup de la séparation. Avant le décès de Jeanne, j'ignorais mon âge avec superbe et le camping « à la papa » m'apparaissait comme le seul enviable ; à présent, les ans se rappellent à moi chaque jour ou presque ; ça en devient énervant.

Ces baisses de régime qui se multiplient – deux déjà depuis mon départ – commencent à m'inquiéter. Je ne vais quand même pas tomber malade. Il ne manquerait plus que ça !

Oui, j'ai le moral dans les chaussettes. J'en perds l'envie d'écrire. Désolé, je vais arrêter là pour aujourd'hui ; je crois que c'est mieux, sinon je vais me répandre en jérémiades et qui a envie de lire les états d'âme dépressifs d'un vieux de soixante-dix-sept ans ?

34
Dimanche 25 août

Je vais éprouver des difficultés à boucler mon programme dans les délais que je m'étais fixés. Il me reste une semaine tout juste et autant d'étapes que de nuits. Et la dernière au moins me demandera deux journées de route. Une halte du côté de Poitiers ne serait peut-être pas éloignée de la mi-chemin. Mais je me connais : lorsque l'arrivée à la maison se profile, j'ai tendance à brûler les arrêts ; c'est l'appel de l'écurie, disaient les conducteurs de chevaux de poste au temps des diligences.

Dans l'immédiat, il s'agit de me rendre à Saint Rémy de Provence. Je voudrais revoir la « cathédrale d'images » installée dans les anciennes carrières de pierre des Baux. Albert Plécy, journaliste au Parisien, s'émerveilla lorsqu'il découvrit en 1975 le cadre des carrières de calcaire désaffectées du Val d'Enfer. Deux ans plus tard, il y ouvrait un spectacle permanent de diapositives sonorisées projetées sur les parois du site.

C'est quatre ans plus tard que Jeanne et moi avions découvert ces diaporamas qui nous avaient époustouflés : une centaine de projecteurs carrousel

Kodak vous immergeaient dans une « cathédrale d'images », en effet, tandis qu'une batterie d'enceintes acoustiques diffusait une musique venue de partout, elle aussi, pour un effet prenant et très réussi. Plusieurs montages audiovisuels se succédaient, sur des thèmes divers : paysages, fleurs, monuments, peinture. Je me souviens notamment d'un sur Picasso, décédé à Mougins six ans plus tôt. En presque vingt ans, tout cela a dû être notablement perfectionné, l'informatique aidant. Je suis curieux de voir et entendre le résultat.

Je voudrais aussi retourner sur le site de Glanum, situé à la sortie de Saint-Rémy. Non pas que je sois un fanatique des ruines antiques, mais cette ville, qui fut gauloise, puis grecque avant d'être romaine m'avait bien plu, sans que je sache trop pourquoi. Son Arc de triomphe et le Mausolée des Jules, bien entendu, spectaculaires et uniques témoins de l'existence de la cité durant des siècles, mais aussi la ville que les fouilles ont restituée, avec ses thermes, la maison des Antes ou les colonnes élancées survivantes des temples géminés...

Je voudrais enfin rendre visite à l'hospice Saint Paul de Mausole qui accueillit Vincent Van Gogh pendant plus d'une année entre 1888 et 1889, avant qu'il ne s'installe à Auvers-sur-Oise. C'est un de mes peintres préférés et tout ce qui le concerne m'intéresse. J'ai lu que la commune avait installé des reproductions des paysages qu'il y a peints dans le cadre même où ils furent exécutés sur le motif. Cette mise en abîme pique ma curiosité.

Voilà mon programme. C'est curieux, mais au fil des jours, je m'aperçois que je prends un peu plus de libertés avec notre passé, à Jeanne et moi, m'attachant davantage au présent et à l'avenir. Je suppose que c'est bon signe. Mais, en même temps, cela me culpabilise encore un peu. L'œuvre du deuil est toujours douloureuse, non ?

J'ai réglé mon écot, bouclé ma valise, chargé la voiture, baissé la capote, car il fait beau, et salué mes hôtes. Je reprends la route.

Vincent, me voilà !

Je n'ai qu'une petite heure de route. Je vais passer par le Pont du Gard, Beaucaire et Tarascon. Je préfère éviter les encombrements d'Avignon. La 50e édition du Festival est terminée, mais en été la ville n'est pas trop aisée à traverser, autant qu'il m'en souvienne. Je ne reverrai pas le pont Saint-Bénézet ! Tant pis.

35
Lundi 26 août

Me voilà installé au camping municipal de Saint-Rémy, situé en limite de la zone urbanisée, pas très loin de la route qui mène d'ici à Châteaurenard. Sur le terrain, on commence à trouver des places libres. Et à la fin de la semaine, le vide va se créer en moins de quarante-huit heures.

En venant, je me suis arrêté au Pont du Gard : la route passe toujours sur le viaduc accolé, mais des panneaux placés à l'entrée du site préviennent que dans quatre ans, ce ne sera plus le cas ; l'accès sera uniquement piétonnier et les parkings rejetés à plus d'un kilomètre de là. Il est vrai que toutes ces voitures garées presque au pied de cette merveille, ça dépare le paysage. Mais, avantage non négligeable, je n'ai eu que quelques centaines de mètres à parcourir pour me tremper les pieds dans la rivière. Et je n'étais pas tout seul, vous pouvez me croire ! On se serait cru à Argelès !

Je suis retourné comme prévu au Val d'Enfer : les parkings ont quadruplé leur surface et comme je le prévoyais, toute l'installation audiovisuelle du site est à présent pilotée par informatique ; des vidéoprojecteurs numériques ont remplacé les Carrousel Kodak

150

d'autrefois. Cet été, c'est un spectacle consacré à Jérôme Bosch et un autre dédié à Arcimboldo qui sont projetés en alternance. De toute beauté ! Je ne regrette pas d'être revenu. L'effet d'immersion est étonnant.

Par contre, j'ai éprouvé quelque déception devant les reproductions des œuvres de Vincent Van Gogh dans le cadre même de leur réalisation. Il y a pourtant vingt plaques émaillées reprenant les principales toiles réalisées à Saint-Rémy entre l'été 1889 et l'automne 1890, mais elles sont de taille modeste et le paysage a souvent trop changé en un siècle pour qu'on s'y retrouve facilement. En revanche, j'ai apprécié le calme du cloître de l'hospice. L'endroit est apaisant. Tout ce que le peintre tourmenté recherchait.

C'est sur la Côte d'Azur que je pars à présent. Théoule-sur-Mer, près de Cannes. J'hésite un moment sur l'itinéraire, puis j'opte en fin de compte pour un trajet Saint-Rémy, Salon, Aix, Brignoles, Les Arcs, Fréjus, Théoule, deux cent trente kilomètres et quatre heures de route, sans aucun doute. Oui, je sais, j'irais bien plus vite par l'autoroute, mais j'évite autant que je peux, ça m'endort et c'est cher, surtout dans le Midi ! Et en plus, je ne suis pas pressé.

Jeanne et moi n'avons jamais été des fanatiques de la Côte d'Azur en été. À moins de lézarder sur une plage tout le temps de vos vacances, sans sortir du périmètre de votre résidence, c'est un enfer. Le moindre déplacement en voiture est une corvée sans nom. Il n'y a que des Parisiens habitués aux embouteillages pour supporter cela. Nous, chaque fois que nous y avons séjourné, c'était en hiver ou au printemps. Alors, c'est charmant et, en prime, les sommets enneigés vous sourient dans le lointain, quand vous vous retournez !

Théoule, c'était en hiver justement et nous avions pris une location. Un appartement dans une résidence les pieds dans l'eau. Splendide par temps calme, un peu dangereux les jours de tempête, où les paquets de mer venaient se briser sur les baies vitrées les plus exposées du rez-de-chaussée. L'exemple même de construction des années soixante-dix, qui n'aurait pas dû voir le jour, car elle interdisait l'accès aux rochers du littoral et dénaturait le site, malgré tout le soin apporté à sa construction. L'instruction ministérielle de 1976 déconseillant l'urbanisation linéaire du bord de mer n'avait pas force de loi et la protection du littoral était encore un concept embryonnaire. Il faudrait attendre dix ans avant qu'un texte de loi efficace soit voté.

Nous étions donc en mars 1980, dans cet appartement en rez-de-chaussée de Théoule-sur-Mer, par un matin de tempête d'équinoxe, je crois. Debout devant la grande baie vitrée du séjour, je regardais les vagues, poussées par un vent de suroît, monter à l'assaut du rivage, lorsque, dans mon dos, j'entendis Jeanne :

— Pierre, il faut que je te t'avoue quelque chose.

Je me retournai. À cinquante-neuf ans, elle était toujours très belle et en paraissait presque dix de moins. Mais, là, son visage était grave et son expression apeurée. Elle m'effraya :

— Qu'est-ce qu'il y a ?

— Je t'ai trompé, pardonne-moi !

Un paquet de mer venait de gifler la vitre devant moi et j'eus l'impression que c'était lui qui venait de me frapper. L'aveu m'avait cueilli par surprise et j'en étais sonné. J'allais ouvrir la bouche pour l'interroger, mais elle poursuivit :

— Laisse-moi parler, s'il te plaît, sinon, je ne vais pas y arriver.

—...

— C'était pendant la guerre, tu étais prisonnier et je travaillais comme vendeuse dans une boulangerie du bourg de Plérin. Un client m'a fait la cour et je me suis laissé séduire.

— Et pourquoi viens-tu confesser cela trente-cinq ans après ? Il y a prescription, non ?

— Je viens de lire dans le journal que cet homme est mort hier à Nice. Je sais, c'est idiot, mais j'ai eu l'impression que tu allais t'apercevoir de quelque chose, alors j'ai préféré prendre les devants.

Ma voix s'était durcie :

— Après tout ce temps, ça rime à quoi ? Tu veux gâcher les années qu'il nous reste à vivre ensemble ? Je ne veux même pas savoir de qui il s'agit. Tu étais là, quand je suis rentré d'Allemagne, c'est ce qui m'importe. Nous aussi, les soldats, nous avons eu des filles pendant la guerre, il y avait des bordels de campagne dans toutes les armées, tu sais.

Elle pleurait à présent :

— Ce n'est pas pareil, tu le sais bien. Moi, j'ai aimé cet homme et c'est cela que j'ai besoin que tu me pardonnes.

— Tu as pensé à lui, après mon retour ?

— Quelquefois, au début, après, non.

Nous étions face à face, à présent, moi, poings serrés, elle, les yeux mouillés, mains ouvertes vers moi. Il y a eu un moment de flottement, où tout aurait pu basculer. Mais j'ai ouvert les poings et nos doigts se sont touchés. Alors, tout est redevenu comme avant.

La résidence est toujours là. Mais les volets de l'appartement sont baissés. Cela m'a fait du bien de raconter cette scène pour la première et dernière fois. Il vaut toujours mieux que les choses soient dites. N'est-ce pas la clé du pardon ?

36
Mardi 27 août 1996

J'ai passé la nuit dans un camping de Mandelieu-La-Napoule, il n'y en a aucun sur Théoule. Aujourd'hui, je vais effectuer le premier de deux sauts de puce successifs, l'un jusqu'à Cannes, l'autre jusqu'à Nice. Non pas que la Croisette et la promenade des Anglais soient ma tasse de thé. On y croise trop de snobs et de parvenus – de vieux aussi ! – mais j'ai dans l'idée de retourner à Grasse visiter la maison de parfumerie Fragonard. Je voudrais retrouver une eau de toilette que Jeanne avait choisie pour moi : « Siècle », que je ne vois plus en boutique et dont j'ai terminé de vider l'estagnon en ma possession il y a peu. J'en ai essayé plusieurs en remplacement et aucune ne me convient tout à fait. En disposent-ils encore ? Ce serait magnifique. J'aimerais aussi revoir les gorges du Loup et Tourrettes. Et pourquoi pas Valbonne et sa chartreuse ? Et l'île Sainte Marguerite. Je n'aurai jamais le temps pour tout cela. Il me faudrait trois jours. Je n'en ai qu'un. Enfin, tel que mon programme est établi à cette heure. Nous aviserons.

Ensuite, sur la route de Nice, je projette de refaire le tour du Cap d'Antibes, que j'aime beaucoup (notamment la Villa Eilenroc et ses jardins), et ensuite aller directement à Saint-Paul-de-Vence visiter à nouveau la Fondation Maeght. La fréquentation des œuvres d'art est souvent plus réconfortante que celle des humains et ce musée à taille humaine d'Art moderne et contemporain nous avait enchantés, Jeanne et moi. Elle préférait la dernière période et moi la précédente, nous étions tous deux contents. Et puis, ce musée né du chagrin causé par la perte d'un garçon de onze ans emporté par une leucémie, nous touchait. « Braque m'a incité à entreprendre quelque chose qui dépasse ma peine : un lieu d'art moderne parmi le thym et le romarin », disait Aimé Maeght. C'est totalement réussi.

Bon, aujourd'hui, je suis quand même allé de déception en déception. Mineures, je vous rassure tout de suite.

Tout d'abord, parvenu à Grasse, une fois terminée la visite du Musée de la Parfumerie, j'arrive à la boutique où je demande ce que vous savez. Et je m'entends répondre qu'un parfum ou eau de toilette de ce nom n'a jamais existé dans la maison. Livre des créations depuis l'origine à l'appui. Je dois m'incliner. J'aurais donc rêvé. Mais comment s'appelait alors ce que j'avais acheté lors de ma visite ? Mon odorat commence à me trahir et c'était avant l'informatisation, impossible de retrouver la trace de mon achat. Si, au moins, je n'avais pas jeté l'estagnon vide de quatre cents millilitres que je possédais. Le personnel reste poli, mais commence à douter de ma santé mentale. Je bats en retraite. Honteusement.

Second arrêt au Cap d'Antibes pour en effectuer le tour : d'après le dépliant des randonnées que j'ai pris à l'Office de Tourisme le plus proche, c'est une boucle de cinq kilomètres, sans aucune difficulté. Je laisse donc ma DS sur le parking de la plage de la Garoupe et me voilà parti. Il est onze heures. Je devrais être de retour juste pour le déjeuner. J'ai mon chapeau, de l'eau, je suis paré. Oui, mais je n'ai oublié qu'une chose, c'est que le matin le circuit est exposé au soleil tout du long, et je ne me suis pas badigeonné. Résultat, lorsque je reviens à ma voiture et me regarde dans le miroir de courtoisie, je m'aperçois que j'ai attrapé un bon coup de soleil sur le nez, dans le cou, sur les avant-bras et sur l'espace entre le genou et le bas du bermuda. Je dois avoir l'air d'un homard mal cuit ! Heureusement que la somptueuse villa néo-classique, construite par l'ex-gouverneur des Indes Néerlandaises et baptisée Eilenroc par anagramme du prénom de son épouse Cornélie, m'a payé de ce désagrément mineur !

À présent que je suis en bord de mer, je n'ai plus envie de rejoindre l'arrière-pays : je vais redescendre jusqu'au port de Cannes, embarquer pour l'île Sainte Marguerite et casser la croûte là-bas.

Mais ce n'est pas mon jour : parvenu quai Laubeuf, je n'ai pas réussi à attraper la vedette de midi trente et la suivante n'est qu'à quatorze heures. Je me faisais un plaisir de déjeuner d'un bon poisson à l'Escale et sa terrasse couverte au bord de l'eau ; eh bien, c'est raté. Du coup, je me contente d'un sandwich jambon beurre sur un banc du port en attendant le bateau. La baguette n'est pas terrible et le beurre est doux. Pour un breton, c'est un faux pas culinaire ! Je suis dépité.

Jamais deux sans trois. Ça y est, c'est fait. Je devrais être tranquille pour le reste de la journée, à présent. Oui, je suis superstitieux à mes heures. Ce n'est pas très cohérent avec le reste de mes idées, mais nul n'est parfait, n'est-ce pas ?

Quatorze heures vingt : je suis à pied d'œuvre au débarcadère, après quinze minutes de traversée sur un des bateaux de la Riviera Lines. Je vais commencer par la visite du fort royal, avant qu'il n'y ait trop de monde, puis je vais tenter un circuit de la partie ouest par l'Observatoire, le contournement de l'étang du Batéguier, le four à boulets avant le retour au débarcadère par l'intérieur de l'île. Je sais qu'il y aura une bonne montée, mais je pense que ça ira. Je suis assez en forme aujourd'hui.

Cette fois-ci, je me suis copieusement enduit de crème solaire. Le Fort vient d'être racheté à l'Armée par la Ville de Cannes qui l'ouvre en partie à la visite. Les lieux sont encore à peine aménagés. La cité projette d'y installer son Musée de la Mer, mais pour l'instant, le site est en grande partie inoccupé et l'on en apprécie que mieux les beautés de l'architecture militaire, si tant est que l'on y soit sensible. Pour une fois, celle-ci ne doit pas tout à Vauban. C'est Richelieu qui en est à l'origine. Le célèbre ingénieur n'a fait qu'y proposer des améliorations qui ont été assez peu suivies d'effet, une fois acquise sa transformation en prison d'État, puis en prison militaire.

Après avoir rapidement parcouru bastions, courtines et demi-lunes, j'apprécie la fraîcheur offerte à l'intérieur par des murailles épaisses de plusieurs mètres. Quel contraste avec la réverbération intense qui règne à l'extérieur et vous recouvre d'une chape de plomb en fusion dès que vous sortez ! J'aspire à retrouver l'ombre bienveillante des pins et des eucalyptus du sentier !

La mer est calme et, en face, le monastère Saint Honorat se dore au soleil ! Le pouvoir apaisant de ces lieux est incroyable ! Je comprends qu'on puisse choisir d'y passer sa vie. M'accepterait-on là-bas pour y achever la mienne ? Mais non, ma Bretagne et son crachin me manqueraient trop.

Je suis arrivé fourbu, mais avec dix minutes d'avance sur l'horaire de la dernière vedette de la journée, celle de dix-sept heures. C'est que j'ai parcouru douze kilomètres en tout depuis ce matin ! Je ne ferai pas de vieux os debout ce soir !

Demain, à moi Saint-Paul-de-Vence. Et après, direction les Alpes ! Il faudra que je vérifie les niveaux d'eau et d'huile de la DS. Et que je fasse le plein.

37
Mercredi 28 août 1996

Pour l'avant-avant-dernière fois - antépénultième diraient les pédants - je replie ma tente et quitte Mandelieu-La-Napoule. Je ne vais pas repasser par Grasse, c'est déjà fait, alors je choisis de prendre la route de Mougins.

Mougins, pour moi, se trouve lié au souvenir de Pablo Picasso, car c'est là qu'il vécut ses douze dernières années, en compagnie de Jacqueline Roque. Le mas Notre-Dame-de-Vie est une énorme villa provençale de trente-cinq pièces dans un parc de deux hectares, restée fermée depuis le suicide de sa veuve, il y a dix ans. Peut-être m'arrêterai-je à la chapelle éponyme toute proche où j'aurai une pensée pour ce génial peintre d'une vie amoureuse mouvementée. Autant de femmes, autant de muses, et presque autant de styles. On ne peut certes pas le réduire à cela, mais c'est bien le cœur de sa peinture !

Cependant, ma destination c'est Saint-Paul, une heure de route à peine, en temps normal. Combien en cette fin d'août ? Je l'ignore et peu m'importe, à vrai dire. Si ce n'est qu'en bon provincial, le moindre encombrement routier me tire des plaintes à n'en plus finir !

Arrivé sur place peu avant midi, je pare d'abord à l'intendance : me restaurer. La Colombe d'Or, située à l'entrée nord du village fortifié et jadis prisée de nombreux peintres, me semble une halte tout indiquée. En sortant de là, par le chemin Sainte-Claire, je pourrai, en guise de promenade digestive, monter à pied jusqu'à la Fondation Maeght.

La réputation de l'établissement de la famille Roux est telle que pour obtenir une chambre, il faut réserver plusieurs mois à l'avance et débourser des centaines d'euros. Et le restaurant, très couru aussi, est de plus réputé pour servir tard, ce qui sur la Côte d'Azur, en été, a valeur d'impératif. J'obtiens péniblement – les personnes seules font perdre au minimum un couvert – une place en terrasse pour treize heures. J'aurais préféré en salle, car ce lieu est un véritable musée où se côtoient des chefs-d'œuvre de tous les grands noms de la peinture et sculpture moderne, reçus en paiement par les propriétaires successifs, le fondateur Paul, son fils Francis, son petit-fils François et leurs épouses. En allant aux toilettes, je jetterai un coup d'œil. Je sais qu'y figurent Sonia Delaunay, Yves Klein, Tinguely, Miró, Chagall, Calder, Picasso, Matisse, Arman et pas mal d'autres...

Après m'être attardé dans la chapelle Sainte-Claire, voisine, pour tromper l'attente, me voilà enfin installé sur la terrasse, au pied même de la magnifique fresque en céramique de Fernand Léger qui orne le mur du fond de celle-ci. J'ai aperçu à l'entrée un exemplaire du fameux pouce modelé par César et dans le jardin je sais qu'il y a aussi une mosaïque de Georges Braque.

Le fondateur et son épouse Baptistine avaient inscrit au fronton de l'établissement primitif en 1931 : « ici, à la Colombe, on vient à pied, à cheval, ou en peinture ». Bien leur en a pris ! Les artistes, peintres, sculpteurs, mais aussi poètes comme Prévert, cinéastes, puis chanteurs, acteurs comme Montand, Ventura, Signoret, BHL, Dombasle et bien d'autres ont bâti la renommée et la fortune de la famille.

Mais voyons ce que le chef nous propose aujourd'hui : la carte est plutôt courte et un peu chère à mon goût. Le cadre incomparable se paie ! Allez, hors d'œuvre variés – il paraît que c'est bien servi – et suprême de poulet aux morilles, avec un verre de Tavel et une carafe d'eau, s'il vous plaît. Merci.

Les tables sont rapprochées au plus près, pour refuser le moins de monde possible. C'est un travers qui m'exaspère et oblige serveuses et serveurs à une gymnastique parfois risquée pour le client. Mais ne soyons pas grincheux !

La nourriture est simple, mais bonne. Poivrons grillés à l'huile d'olive, oignons confits, petits farcis, tomates provençales, fèves, anchois, aubergines, artichauts poivrade... je me régale ! Quant au suprême de poulet aux morilles, c'est un de mes plats préférés, alors j'espère seulement qu'il sera apporté chaud et pas tiède, parce qu'il y a affluence et que le personnel a fort à faire.

Eh bien, voulez-vous que je vous dise ? Au final, je ne regrette pas les deux cent cinquante francs de mon déjeuner. D'aucuns diront que c'est cher payé, mais le juste prix, n'est-ce pas toujours celui que le client est prêt à régler, et là j'ai déboursé de bon cœur mes deux billets de vingt, car j'ai passé à la Colombe d'Or un bon moment et j'aurais regretté de ne pas voir l'établissement et de ne pas goûter sa cuisine tout cela pour quelques euros ! Je n'aurai pas l'occasion d'y revenir. C'était aujourd'hui ou jamais !

Trois chapelles balisent mon parcours : Sainte-Claire, au bas de la côte ; à mi-pente environ, Saint-Charles-Borromée et Saint Claude de Besançon, du parvis de laquelle on jouit d'un magnifique panorama sur le village fortifié de Saint-Paul, les collines et la mer et, enfin, Notre Dame de la Gardette, tout près du couvent des Dominicaines du Passe-Prest, installé dans l'ancien château des Villeneuve-Thorenc, sur le haut du coteau.

Je n'ai plus qu'à traverser la route et prendre le chemin à gauche : me voilà devant le bâtiment principal de pierre, brique, verre et béton du musée avec son toit en forme de double brève latine si reconnaissable. C'est *L'homme qui marche* d'Alberto Giacometti qui m'accueille sur le parvis avec un collègue à lui. Rebonjour, messieurs ! Il y a quelque temps déjà que nous ne nous sommes vus... Vous n'avez pas changé... Ce n'est pas comme moi...

38
Pour l'amour de l'art et du lard

Ce qu'il y a d'extraordinaire dans cette maison-musée, c'est que beaucoup des artistes présentés ont été associés par les propriétaires à la construction et à l'aménagement des lieux et que les œuvres qu'ils y présentent ont été pensées pour être exposées là. C'est le cas pour la plupart de celles du jardin de sculptures. C'est le cas du bassin Braque où semblent nager ses poissons de mosaïque. C'est aussi le cas de la fontaine dessinée par Pol Bury. C'est encore le cas du mobile de Calder qui domine les statues du parc. Sans oublier, bien entendu, le labyrinthe de Miró, qui signe également le vitrail de la cour éponyme. Moi, qui suis d'ordinaire plus sensible à la peinture qu'à la sculpture, eh bien, dans ce cadre particulier, ces œuvres m'interpellent davantage. J'ai passé un long moment dans les extérieurs de la Fondation à les contempler, les examiner, à tourner autour.

Au total, je ne connais que trois autres endroits qui m'ont autant impressionné que celui-ci, sinon plus, mais ils sont tous les trois dus au même homme et conçus pour célébrer sa gloire ; vous voyez de qui je veux parler : de Salvador Dalí, bien entendu, de sa maison de Cadaquès, du château de Púbol, offert à Gala, sa muse, et du musée de Figueras, consacré à l'artiste et sa production. Dans ces trois lieux, l'intégration des œuvres dans le décor est extrême, et souvent même comme ici, c'est le décor qui devient œuvre et parfois même chef-d'œuvre !

En parcourant la liste des artistes exposés ici, j'ai la surprise de constater que plus de deux cents noms y figurent : tous ceux du XXe siècle que je connais en sont, bien entendu, mais nombre d'autres qui me sont inconnus y figurent aussi. Évidemment, beaucoup ne sont présents qu'avec une œuvre ou deux, c'est le principe de la collection privée.

Ce voyage immobile ou presque souligne la diversité, l'exubérance, la folie même de l'imaginaire des artistes, mais il nous renvoie presque toujours un instantané d'une certaine beauté, d'un équilibre, questionnant la notion d'achèvement et de réussite.

Je suis ressorti enchanté de ma visite, plus de deux heures et demie après être entré, et pourtant, presque aucun des artistes présentés ne figure parmi mes préférés : une fois encore, la magie du lieu a opéré ! C'est ce que déclarent beaucoup des visiteurs sur le livre d'or.

Je redescends tranquillement à mon véhicule. Il est temps de regagner mon hébergement pour ce soir avant de mettre demain matin le cap sur les Alpes, direction Molines-en-Queyras et Saint-Véran, que mon guide vert Michelin qualifie de « commune la plus haute d'Europe » avec son église à 2042 m d'altitude !

Le camping-caravaning Saint-Paul se situe juste au-dessous des remparts du village. J'avais pris la précaution d'y réserver une nuit. Je suis donc attendu.

C'est un établissement à taille humaine d'une superficie d'un hectare, dont les installations sont d'un standing qui lui vaut quatre étoiles, mais les tarifs sont raisonnables. Je monte ma tente, aidé par un ou deux jeunes curieux venus reluquer mon auto (ça se passe souvent ainsi), puis je pars en vadrouille dans le village, appareil photo en bandoulière. À Saint-Paul, c'est un peu comme au Mont-Saint-Michel : on se suit souvent à la queue leu leu dans les ruelles, devant et dans les boutiques d'artisans d'art et les ateliers des peintres et sculpteurs. Mais ce soir l'affluence n'est pas trop forte. Il est dix-huit heures passées, le gros de la troupe journalière est reparti ou en train de regagner son véhicule. Ceux qui restent caressent le projet de dîner sur place et examinent avec attention les cartes des restaurants.

Moi, ce soir, je ferai maigre : une petite boîte de pâté Hénaff, un bout de comté et une pomme devraient me suffire. Ah, oui, il convient peut-être que je vous explique ce qu'est le pâté Hénaff, sans lequel ne se déplace au loin aucun breton qui se respecte ! En 1907, Jean Hénaff, paysan breton de Pouldreuzic (Finistère) fonde une conserverie de légumes et poisson. En 1915, il a l'idée de lancer une conserve appertisée de pâté de porc, réalisée avec les morceaux nobles de l'animal (jambons et filets). Épicée selon une recette secrète, cette conserve reste, un siècle plus tard, le produit phare de la société, toujours familiale. Il s'en vend près de quarante millions de boîtes par an, grâce à son goût et sa qualité uniques. Je suis parti avec quinze boîtes de 80 grammes et celle que je vais ouvrir tout à l'heure est l'avant-dernière. Décidément, il est temps que je rentre !

Voilà une boulangerie. « Une baguette de tradition, cuite à point, s'il vous plaît ».

J'ai l'eau à la bouche. Au camping, vite !

39
Jeudi 29 août 1996

Grosse étape ! Deux cent vingt-cinq kilomètres environ sur la carte, mais les profils de route les plus difficiles de tout mon parcours ; je voudrais emprunter un itinéraire qui n'est praticable qu'en été, par la vallée de la Tinée et le col de la Bonette pour rallier Guillestre, Château-Queyras et Molines : la route est colorée en vert, donc classée pittoresque tout du long, mais avec les virages, je devrai sans doute m'arrêter si je veux admirer le paysage : la conduite ne va souffrir aucune distraction, aucun relâchement de ma part. Je n'ai jamais emprunté ce tronçon de la traversée du Mercantour. Je pense que j'en ai pour six ou sept heures avec les arrêts.

J'ai fait une bonne nuit, pris un bon petit déjeuner, je me sens en forme. Les bagages sont chargés. J'ai de quoi pique-niquer quelque part dans le parc du Mercantour ce midi. Il va être neuf heures. Il est temps. Souhaitez-moi bonne route.

Jusqu'au confluent du Var et de la Tinée, aucun problème. Jusqu'à Saint-Étienne-de-Tinée, non plus : la route est plus étroite, mais elle suit la rivière au plus près sans trop de difficultés. Mais on n'est pas encore à 1200 m d'altitude et va falloir s'élever jusqu'à 2800 !

168

C'est après la cascade des Vens que la D64 commence à tournicoter sec : pour atteindre le col des Fourches et son camp militaire. Premier arrêt. Les vingt-six chalets qui servaient autrefois à l'hébergement d'une compagnie de Chasseurs alpins sont dans un état de délabrement avancé. Seul le poste de commandement conserve encore en partie sa toiture, le reste n'est que murs, pignons et poutres enchevêtrées. Je reprends ma route vers le col des Granges communes (2513 m), qui marque la limite entre les Alpes-Maritimes et les Alpes de Haute-Provence. La route est plus exposée au vent ; les alpages ont laissé place aux rochers et à un paysage plus dénudé. On continue de s'élever. Je vais marquer un second arrêt-photo devant l'oratoire de Notre-Dame-du-Très-Haut, érigé en 1963 et où a lieu un pèlerinage tous les ans au mois de juillet. Des ex-voto de pacotille en témoignent. Me voilà parvenu au col de la Bonette-Restefond (2715 m). La vue est impressionnante sur les sommets et vallées alentour, mais en été ces montagnes sont pelées et arides. Même par beau temps, on y ressent l'hostilité du milieu naturel.

À présent, il va me falloir redescendre sur Jausiers ! Vingt-quatre kilomètres que j'appréhende plus que les vingt-six de montée, car ce sont de vraies montagnes russes avec des portions atteignant jusqu'à 11 % de déclivité et le précipice qui guette un tournant sur deux ! Enfin, me voilà à l'ancienne caserne de Restefond. Je m'arrête pour admirer le point de vue sur la vallée de l'Ubaye où je me trouve maintenant. À la différence du camp des Fourches, ici les bâtiments étaient en U et pouvaient loger trois compagnies ; aujourd'hui abandonnés et ouverts à tous les vents, seules les anciennes écuries ont été restaurées et semblent encore utilisées par l'Armée. Dans une quinzaine de kilomètres, j'arriverai à Jausiers.

Mais le reste du trajet sera encore accidenté. Après avoir franchi le col de Vars, ce sera Guillestre, où j'obliquerai vers l'Est pour remonter la vallée du turbulent Guil. Puis j'arriverai en vue de Château-Queyras et son nid d'aigle, avant Molines. J'ai prévu de passer la nuit à Gaudissard, un lieudit un peu au-dessus du village, dans une auberge de montagne qui m'avait été chaudement recommandée par un ami, il y a une vingtaine d'années. Gageons que ce soir je n'aurai aucune difficulté à trouver le sommeil. La journée aura été bien remplie.

Au final, la seconde partie de mon étape s'est déroulée sans encombre. Tout juste un camion-citerne, coincé dans un passage étroit à l'entrée de Château-Queyras, nous a-t-il obligés – moi et tous ceux qui me suivaient – à une marche arrière sur une soixantaine de mètres pour lui permettre de se désengager et rectifier sa trajectoire.

En montant sur Molines, à la sortie de Ville Vieille, j'ai retrouvé avec plaisir, sur ma droite, la demoiselle coiffée, ce piton rocheux surmonté d'une pierre plate qui émerge des mélèzes environnants. C'est curieux, dans mon souvenir, elles étaient trois, mais je dois confondre, je sais qu'il y en a d'autres ailleurs.

À Molines, c'est l'église à tour carrée qui se trouve à l'entrée du village sur un replat, entourée par un cimetière où les croix de bois, noircies par les intempéries, sont presque aussi nombreuses que celles de pierre. Le village s'étire ensuite le long de la route qui monte au col Agnel, en direction de l'Italie, laissant celle de Saint-Véran sur la droite.

La Maison de Gaudissard est une ancienne ferme piémontaise en pierre grise percée de fenêtres aux entourages de béton, dont la façade s'orne d'un cadran solaire armorié, comme beaucoup de maisons du Queyras. Devant s'étend une magnifique terrasse d'où l'on embrasse tout le paysage de la vallée. C'est surtout une coopérative ouvrière de production créée en 1969 par Bernard Gentil, arrivé comme pasteur en 1951, qui décida de promouvoir le ski de fond en France et créa ici le premier centre-école. Avec sa famille, il a rénové le bâtiment, qui dispose aujourd'hui d'une quinzaine de chambres, plus quelques-unes en gîte alentour.

On y est accueilli avec chaleur, simplicité et convivialité. Je me souviens encore de notre précédent séjour, à Jeanne et moi, l'hiver précédant les vingt ans de l'auberge, en 1988. Nous avions fait des balades en raquette, bu du vin chaud et mangé des plats roboratifs au possible. Les veillées terminaient souvent bien arrosées, ces montagnards ont une santé à toute épreuve !

Je suis en terrain connu, les parents ne sont plus là, mais la génération suivante a pris la relève avec le même esprit d'accueil et de partage. Quand j'ai téléphoné, il ne restait plus que des places en gîte d'étape. Cela me convient tout à fait, j'aurai de la compagnie. Et j'ai pris la demi-pension. Je ne veux pas rater la cuisine du chef.

Demain matin, monterai-je à Saint-Véran ? J'aurais aimé refaire la balade de la Chapelle de Clausis et pousser jusqu'au refuge du lac de la Blanche, mais ce ne serait pas raisonnable. C'est déjà déraisonnable d'être venu jusqu'ici. Le lendemain, je dois prendre la route du Vercors. Et ce seront les premiers grands retours ! Je pense repasser par Gap et remonter sur Vizille par la Nationale 85. Mais je m'attends à quelques heures d'embouteillage. La zone d'Embrun est connue pour cela. J'ai mal géré le calendrier. Il me reste cette nuit pour réfléchir.

40
Vendredi 30 août 1996

Ce matin en me levant, j'ai tranché : je vais prendre la route du retour dès après le petit déjeuner. Demain, ce serait trop compliqué. À l'auberge, je ne suis pas le seul à avoir pris cette décision, sacs et valises s'entassent déjà dans l'entrée.

Dans la salle des petits déjeuners, c'est l'effervescence du matin, entre ceux qui partent en randonnée accompagnée pour la journée, ceux qui rentrent chez eux et ceux qui prennent leur temps comme moi. Une irrésistible odeur de viennoiserie et de pain grillé vous enveloppe. Aux tables de bois vernis, trois générations de randonneurs sont attablées pour boire leur café, thé ou chocolat et manger leurs tartines, copieusement recouvertes de beurre ou confiture, parfois les deux ! Des jeunes sans enfants, des familles dans la fleur de l'âge et des retraités, jeunes et vieux, jusqu'à quatre-vingts ans ou pas loin, comme moi (bis). Les langues se mélangent : je reconnais de l'anglais, de l'allemand, du néerlandais, de l'italien et de l'espagnol. L'Europe est là ! Et les Français presque réduits à la portion congrue. Et encore, je reconnais un bon accent suisse !

Pour moi, première étape : Molines-Gap. En temps normal, il faut deux heures pour parcourir cette centaine de kilomètres. Pourvu que je n'en mette pas quatre ! Seconde étape : Gap-Vizille par la célèbre route Napoléon ; compter encore deux heures pour cent kilomètres. Troisième étape : Vizille-Saint-Nazaire-en-Royans à travers le massif du Vercors, plutôt que de le contourner ; ainsi je vais éviter Grenoble ; au final, cela reviendra à peu près au même : une heure et demie en tout pour quatre-vingts kilomètres. Je m'arrêterais bien à Vizille pour déjeuner avant d'entreprendre la traversée. J'y ai quelques souvenirs.

Il fallait s'y attendre. J'ai traversé Embrun au pas. Vivement que la déviation dont on parle depuis des années se réalise enfin et désengorge la cité. Après, rien à signaler. J'ai fait un petit arrêt au modeste col Bayard, qui n'aurait rien à voir avec le chevalier de Louis XII et François Ier. Et j'étais à Vizille à l'heure où mon estomac commençait à crier famine.

J'aime beaucoup le château de Lesdiguières et son domaine. La demeure est aujourd'hui transformée en musée de la Révolution française, car c'est là que se réunirent en 1788 les états généraux du Dauphiné qui engendrèrent le soulèvement. Les vues depuis le parc sont splendides.

Il y a ici de très bons restaurants comme celui du Parc, mais ce n'est pas pour ma bourse, qui commence à être fort plate. Alors que je venais de me garer sur la Place du Marché, mon regard a été attiré par une enseigne : Le P'tit Matheysin (j'ignorais que la Matheysine était cette région du sud de l'Isère avant de traverser La Mure, sa capitale). Je me suis dit qu'avec un nom pareil, ce devait être un petit resto de terroir sympa et je n'avais que la route à traverser. Parking gratuit, en plus.

Je ne me suis pas trompé. Rapport qualité-prix imbattable. Accueil chaleureux. Le fils en cuisine et les parents en salle. Que du frais, bien préparé, bien servi. Je suis ressorti enchanté de mon dos de cabillaud aux petits légumes. Un petit quart d'heure de sieste dans ma voiture après le café et je suis reparti vers quinze heures pour Saint-Nazaire-en-Royans.

La première fois que je suis venu ici – en 1982 – je ne m'attendais pas du tout à trouver un aqueduc dans le genre de celui de Morlaix et j'ai donc été sacrément surpris par cet ouvrage de 235 mètres de long et trente-cinq de haut qui achemine les eaux du canal de la Bourne. Jeanne, elle, avait surtout été séduite par les maisons du village en encorbellement au-dessus de l'eau. Nous avions déjeuné dans un restaurant dont une partie de la salle surplombait ainsi la rivière et je me souviens que nous avions de drôles d'assiettes de présentation qui en réalité étaient des ardoises. C'est devenu à la mode depuis. Nous avions mangé des ravioles, bien entendu. C'est la principale spécialité du coin.

Quatorze ans plus tard, le village s'est un peu modernisé, mais sans plus. Le tourisme s'est développé, mais il y a trop d'enseignes publicitaires de tous styles à mon goût. Si je voulais passer pour un vieux schnock, je dirais que c'était presque mieux avant !

Le camping municipal est situé à cinq cents mètres à peine du village, au bord de la rivière. C'est calme, herbeux et les tarifs sont modiques. Tout ce qu'il me faut. Le terrain s'est en grande partie vidé et les arrivants de septembre ne sont pas encore là. L'employé municipal est aimable et disert. Nous taillons une bonne bavette.

J'ai monté ma tente pour une des dernières fois. J'inspecte mes provisions. Je vais tenter de liquider l'existant. Ça va peut-être composer des menus curieux, mais tant pis. Ce soir, ce sera salade de concombres et une boîte de pilchards. J'adore les pilchards et Jeanne les abominait !

41
Samedi 31 août

Je vais laisser passer cette journée qui va être infernale sur les routes. Sacrifier à la grasse matinée. Ranger ma voiture, peut-être la laver si j'ai le courage, car elle est pas mal poussiéreuse et relire les notes de ce carnet. Il y a au moins quinze jours que je ne n'ai pas opéré ce retour en arrière. Est-ce que ce récit se tient ? A-t-il un intérêt pour d'autres que moi ? Il faudrait que je trouve un lecteur cobaye. J'ai bien une petite idée, mais il est trop tôt pour la donner encore. Il faut que je réfléchisse.

Bon. La première partie de mon emploi du temps est achevée. La DS brille comme à ses meilleurs jours. J'ai déjeuné d'une omelette accompagnée d'une portion de frites achetée au camping. Je peux à présent ouvrir mon carnet noir, confortablement installé dans un des hamacs mis à la disposition des résidents.

Relire de façon suivie ces notes écrites en morcelé change complètement la donne ! C'est très curieux. Malgré le « je » employé, j'ai ressenti une distanciation qui, à certains moments m'a donné l'impression de lire l'histoire d'un autre. C'est pourtant bien la mienne ! Mais, pour être tout à fait honnête, il faut que je corrige une affirmation, lancée au détour d'une phrase dans les premiers chapitres, selon laquelle je n'aurais jamais trompé Jeanne.

Techniquement, c'est exact, si je peux me permettre cette trivialité ; moralement, ça l'est moins. C'était dans les premiers temps de la reprise de la boutique de mes parents. Il est évident que ma clientèle comportait beaucoup de couples dont les conjoints venaient choisir et acheter ensemble, mais bon nombre de femmes se présentaient aussi seules à la bijouterie.

Et l'une d'elles, mariée cependant, commença bientôt à me poursuivre de ses assiduités. Tous les prétextes lui étaient bons pour venir à la boutique ou l'atelier : cadeaux de baptême, communion, confirmation, modification de bijoux anciens – bagues, colliers, boucles d'oreilles - réparation de montres, achats nouveaux...

C'était l'épouse du Président du Tribunal de Grande Instance et son mari ne savait rien lui refuser. Elle devint rapidement une de mes meilleures clientes. En ville, on jasait, murmurant qu'une maladie avait rendu le juge impuissant et qu'il laissait la bride sur le cou à son épouse, à condition qu'elle reste discrète.

Elle était grande et mince, yeux verts et cheveux auburn et n'avait pas froid aux yeux. Italienne d'origine, sa beauté provocante ne laissait indifférent personne ou presque... moi pas moins que les autres.

Nous étions en 1955 et j'avais trente-six ans, la force de l'âge, comme on dit. Ce qui pouvait arriver, survint un après-midi qu'elle était venue à l'atelier changer le fil d'attache et le fermoir d'une rangée de perles véritables.

L'opération était achevée et j'allais lui passer le collier autour du cou, quand, alors que nos visages étaient face à face, à quelques centimètres à peine l'un de l'autre, une attraction mutuelle incontrôlée nous fit nous embrasser d'abord timidement, puis avec passion jusqu'à ce que l'employée frappe à la porte pour me dire qu'on me demandait en boutique.

Je réagis si vivement que le bijou réparé se retrouva à nouveau brisé et qu'il nous fallut, à trois, un bon quart d'heure pour retrouver toutes les perles égaillées sur le sol, sous les meubles ou dans les interstices du plancher quelque peu disjoint de l'atelier.

Le charme, lui aussi, était rompu. Mon sentiment de culpabilité m'empêcha de tenter à nouveau quoi que ce soit et quelques mois plus tard, le juge et son épouse quittaient la ville pour Rennes.

Ironie du sort, elle s'appelait Giovanna, autrement dit Jeanne, en italien.

Jeanne, la mienne, a eu connaissance de l'incident du collier brisé, mais pas de sa cause, du moins, pas que je sache. Ou alors, elle m'a pardonné sans autre forme de procès cette incartade restée sans conséquence.

Voilà. Bien que vous n'ayez que très indirectement voix au chapitre, je me sens quand même libéré d'un petit poids, d'un « scrupule » comme disaient les Latins.

42
Dimanche 1er septembre 1996

J'avais d'abord prévu de regagner la vallée du Rhône et un village tout proche de Tain-L'hermitage, pour m'arrêter à la Cave coopérative et acheter un peu de vin, avant de monter dans le Jura. Puis j'ai changé d'avis quand j'ai vu qu'un itinéraire longeait une partie de la rive gauche du lac Léman. Jeanne et moi n'avons fait que passer par la Suisse, deux ou trois fois, sans nous arrêter jamais. Le change nous était trop défavorable et la vie fort chère. J'avais l'opportunité de revoir le lac et de déjeuner sur ses bords d'un filet de féra, peut-être... L'occasion était trop belle !

Il me fallait gagner Voiron, Chambéry, puis Annecy avant d'atteindre la frontière et Genève. Puis, ce seraient les différentes localités de la rive gauche du Léman : Versoix, Nyon, Rolle, Morges où je bifurquerais vers Cossonay pour éviter les encombrements de Lausanne, avant de repasser en France par Vallorbe, puis la cluse de Joux pour arriver à Pontarlier. Ensuite, ce serait l'affaire d'une petite demi-heure pour parvenir à ma destination : la modeste station de Montlebon, dans le Val de Morteau.

Montlebon, dernière étape. Fin de la route du souvenir. Récent, celui-ci puisque c'est il y a cinq ans seulement que nous étions venus, Jeanne et moi, une semaine en location dans ce charmant village pratiquer la balade en raquettes au Meix-Musy. La station est à 1120 m d'altitude et souvent, à Pâques, la neige fait défaut. C'est pourquoi nous avions choisi février, juste après les vacances des Parisiens. Tout allait bien encore, mais c'est après ce séjour que sa hanche droite a commencé à faire souffrir Jeanne. Cinq ans pour prendre la décision d'opérer et que survienne ce que vous savez. Vous comprenez maintenant le pourquoi de mon retour ici.

Pour en revenir à mon actualité, ce programme était alléchant, mais au total, c'était néanmoins une étape de plus de trois cents kilomètres. Pas loin de cinq heures de conduite, si j'empruntais l'autoroute et deux de plus par les nationales, sans aucun doute. J'optai pour un mix : l'autoroute jusqu'à Genève par l'A49 et l'A41 et la route ensuite. Je coupais ainsi la poire en deux : gagner un peu de temps sur le début du parcours, éviter la vignette autoroutière suisse et circuler plus tranquille sur les rivages du lac.

Je quitte Saint-Nazaire-en-Royans vers 9 h. La journée s'annonce belle. Temps sec, ciel dégagé, mais à proximité des montagnes, cela ne veut pas dire grand-chose, je le sais.

Le trafic est encore dense en ce premier jour de septembre. Les promeneurs du dimanche s'ajoutent aux nombreux vacanciers qui ont attendu le dernier moment pour plier bagage et regagner leur domicile. Je m'en étonne en pensant à la rentrée scolaire du lendemain, avant de me souvenir qu'elle a été reportée au mardi. La voilà, l'explication ! Mais cela ne fait pas trop mon affaire, car la circulation sur l'autoroute devient difficile pour moi qui ne roule pas à 130, mais 110 au grand maximum. Je garde prudemment la file de droite avec les véhicules lents dans les montées.

Pour midi, je suis en vue de Genève au péage de Saint-Julien-en-Genevois. Si je pouvais pousser jusqu'à Nyon pour déjeuner. Ma carte indique un superbe point de vue sur le lac.

Arrivé à Nyon, je remarque près du débarcadère du ferry le superbe hôtel Le Rive et sa brasserie, renommée, me dit mon guide Michelin. Hélas, nous sommes dimanche et le menu économique ne s'applique qu'en semaine. Je regarde un peu autour. Entre cent quatre-vingts et deux cents francs français le plat à la carte, ce n'est pas pour moi. Je vais devoir renoncer à la vue sur le lac. Je m'aventure dans les rues en arrière. Bientôt un ancien relais de poste attire mon attention, rue Perdtemps : le Restaurant Pizzeria de la Croix Verte. La façade me plaît, la spécialisation moins. Je ne raffole pas de la pizza. Je feuillette mon guide. Il y a une grande terrasse intérieure sous des platanes centenaires. OK. Regardons la carte. À défaut de manger suisse, je vais tenter la cuisine du Val d'Aoste et ne voila-t-il pas que j'avise une pizza des Alpes qui me plaît bien, finalement : endives braisées, fontine et saucisse pour cent vingt francs. Ce n'est pas donné, mais ça ira. Comme quoi, le proverbe a bien raison ; ne jamais dire : « Fontaine, je ne boirai pas de ton eau » ! Un demi et un café, s'il vous plaît. Merci.

Je prends ensuite le temps d'une promenade digestive et de quelques photos sur les bords du lac. C'est curieux comme ces paysages de grands lacs, aussi majestueux soient-ils, m'émeuvent moins que la plus petite côte rocheuse de ma Bretagne. Chauvinisme atavique, sans doute. Il est déjà temps de repartir. Je me replonge dans ma carte et décide de modifier mon itinéraire, de gagner la station des Rousses, à vingt-cinq kilomètres à l'ouest, puis de longer le lac de Joux, suivre sur Vallorbe et Jougne pour rejoindre Pontarlier. Ça tournera moins. Et atteindre le camping du Cul de la Lune, juste avant Morteau. C'est là que j'ai trouvé à me loger. Le nom n'est pas banal, avouez ! Pour ma dernière nuit de camping, je ne demandais pas la lune et j'en ai trouvé le cul ! J'espère qu'il vaudra le détour !

43
Lundi 2 septembre 1996

En relisant ce que j'ai écrit hier, je pense que Jeanne n'aurait pas aimé ma dernière remarque égrillarde. Tant pis ! Trop tard.

Je suis arrivé à destination éreinté, mais sans encombre ni encombrements. Le soleil déclinait à l'horizon déjà alors qu'il n'était que dix-neuf heures. Le jour tombe vite déjà à cette époque de l'année et encore plus dans l'Est. Une fois signalée mon entrée et réglé mon écot, j'ai déployé ma tente, monté mon lit et me suis endormi tout habillé, mon duvet par-dessus moi, sans demander mon reste. Dans la nuit, j'ai dû me glisser dedans, parce que, à presque huit cents mètres d'altitude, début septembre, les nuits sont déjà fraîches. Ce matin, j'ai des vêtements tout froissés, la bouche sèche de ne pas avoir bu assez d'eau et un peu de mal à me lever de mon lit, un peu bas sur pattes. L'estomac qui gargouille un peu aussi. Je vais tenter de remédier à tout ça.

Le jour est gris et frais.

Me voilà à la croisée du chemin. Ce qui me trotte dans la tête depuis plusieurs jours doit être tranché ce matin. Est-ce que je repasse par Saint-Julien l'Ars ou pas ? Si oui, je vais suivre un itinéraire est-ouest quasi rectiligne, en direction de Poitiers, sinon j'oblique vers Orléans et Le Mans. De toute manière, je dois faire une étape, neuf cents kilomètres d'une traite, ce n'est plus dans mes capacités ! Mais là n'est pas le problème : le nœud de la question, c'est de savoir si j'ai envie de revoir Jacqueline Dupontel ou pas.

Une partie de moi dit : « je voudrais bien ». L'autre murmure : « dans quelle histoire vas-tu t'engager ? »

Je décide de pratiquer un examen de conscience rapide :

– me plaît-elle physiquement ? : la réponse fuse sans délai : oui !

– mais moi, est-ce que je lui plais ? : si j'en crois notre première rencontre, la réponse est positive.

– avons-nous des goûts en commun ? : au moins un, la bonne cuisine ! C'est déjà appréciable.

– est-ce que j'aspire à rompre ma solitude ? : évidemment, quelle question !

– suis-je prêt à quitter ma Bretagne ? : la réponse est immédiate : non !

– suis-je disposé à faire de la place chez moi à une nouvelle venue ? Là, j'ai un temps d'hésitation et finalement je réponds : pas encore ! Cela impliquerait que je me sois débarrassé de tout ce qui appartenait à Jeanne – vêtements, chaussures, bijoux, petits meubles, etc. – et jusqu'ici j'ai répugné à entreprendre cette douloureuse corvée.

Muni de ces éléments de réponse, j'y vois déjà un peu plus clair.

– si j'y suis invité, viendrais-je en Poitou pour de courts séjours ? Je réponds que oui, avec plaisir, même si c'est un peu loin, tant que je peux conduire.

– serais-je prêt à accueillir Jacqueline pour les mêmes séjours ? Oui, sans hésitation.

Bon. Il semble que je sois prêt pour une relation à distance avec rencontres épisodiques. Est-ce que j'introduis une part de hasard là-dedans ou pas ? Autrement dit, est-ce que je l'appelle avant mon départ ou est-ce que j'arrive, la « goule enfarinée » comme on dit chez moi ?

Cela demande réflexion.

Au final, j'ai décidé de ne pas appeler à l'avance : les termes de la réponse n'arrêteraient pas de me turlupiner pendant tout le voyage. Peut-être le ferai-je vingt ou trente kilomètres avant d'arriver. Je verrai.

Cette décision prise, je me sens tout d'un coup plein d'énergie. Mes cliques et mes claques sont ramassées en un rien de temps.

À neuf heures, je suis en route. Pontarlier, Champagnole, Châlon. Tiens, je ferais bien étape à Charolles, ce midi. Ce n'est pas tout à fait à mi-chemin, mais tant pis, je ne résiste à la perspective de déjeuner d'une bonne entrecôte charolaise ! Deux cent trente kilomètres à soixante-dix de moyenne, disons que j'y serai pour midi trente, en principe.

À neuf heures, je suis en route. Pontarlier, Champagnole, Chalon. Tiens, je ferais bien étape à Charolles, ce midi. Ce n'est pas tout à fait à mi-chemin, mais tant pis, je ne résiste à la perspective de déjeuner d'une bonne entrecôte charolaise ! Deux cent trente kilomètres à soixante-dix de moyenne, j'y serai, disons, pour midi trente, en principe.

Ensuite, j'ai essayé de choisir l'itinéraire le plus rapide, Montluçon, Guéret, La Souterraine, Montmorillon, Chauvigny, Saint-Julien l'Ars. Trois cent cinquante kilomètres, mais difficile de tenir un petit quatre-vingts de moyenne, sans doute. Autrement dit, entre quatre heures et cinq heures de route avant d'arriver. Je ne serai sans doute pas bien frais ce soir.

Ces prévisions, c'est si tout va bien, cela va de soi. Pour l'instant, je ne suis qu'à Poligny, en pause pipi.

44
Fin de parcours

J'écris ces notes en sirotant mon café et digérant mon entrecôte charolaise. Je suis installé à la terrasse du Charolles, dans la ville du même nom. Ailleurs, une viande de la qualité qu'on y sert est hors de prix. Ici, ce n'est pas donné, mais abordable. Persillée, goûteuse, cuite sur le gril à la perfection, un délice. J'ai laissé de côté les frites maison, de crainte de m'endormir en route ensuite, et préféré des légumes vapeur. Il va être quatorze heures. Le ciel s'est éclairci. La température est clémente. Je vais repartir, un peu vers l'inconnu, je dois le dire...

...

Il est dix-huit heures. J'ai bien roulé. Je viens de téléphoner à Jacqueline, au bureau de poste de La Souterraine, juste avant la fermeture. En cas d'absence ou d'indisponibilité de sa part, il était encore temps pour moi de chercher un camping. J'avais les jambes qui flageolaient un peu dans la cabine en marquant les chiffres du numéro qu'elle m'avait donné. Une sonnerie, deux sonneries, trois sonneries... Un combiné que l'on décroche. J'assure ma voix :

– Allô, Jacqueline Dupontel ?

– Elle-même. Qui la demande ?

– Pierre Marchand. Vous vous souvenez de moi ?

– Pierre ? Celui de la DS ?

– Exactement.

– Oh, Pierre, je suis contente de vous entendre. Vous allez bien ? Vous appelez d'où ?

– Je suis sur la route du retour, pas bien loin de chez vous et je me demandais si…

– Si je pouvais vous héberger ? Mais, bien entendu, je vous l'avais proposé, non ?

– Oui, je crois bien, et je vous en remercie encore.

– À quelle heure comptez-vous arriver, Pierre ?

– Dans une heure ou deux, je pense. Il me reste une centaine de kilomètres à parcourir. Je suis à La Souterraine.

– Ah, oui, je vois. Bon, soyez prudent. Je vous embrasse, Pierre. À ce soir.

– À ce soir, Jacqueline. Je vous embrasse aussi…

Bon, j'arrête d'écrire, parce que, là, voyez-vous, je suis pressé de repartir…

15 octobre 1996

Ainsi s'achève le carnet de route de Pierre Marchand. On l'a retrouvé dans la carcasse emboutie de sa DS 19. La dernière page écrite était marquée par un bout de papier avec mon nom, mon adresse et mon numéro de téléphone. C'est comme ça que j'ai été prévenue par les gendarmes. Avant Montmorillon, sur la D54, dans une ligne droite, sa voiture a brusquement quitté sa voie de circulation pour aller s'encastrer dans un platane. On ne sait s'il a été victime d'un malaise ou d'un endormissement. À quarante kilomètres de la maison, ce n'est quand même pas de chance !

Je suis là, debout, devant le box de réanimation dans lequel il est étendu, bardé de tuyaux. Bien entendu, sa voiture n'avait ni ceinture de sécurité ni air-bag. Une chance pour lui, il est passé au travers de la capote et a fini contre des ballots de paille dans le champ voisin. Mais il a quand même un poumon perforé et deux ou trois fractures. Il va s'en sortir disent les médecins. Le cœur est bon. Mais, avec la morphine, pour l'instant, ses moments de conscience sont limités.

Le perdre avant de l'avoir tout à fait trouvé, ça aurait été vraiment trop bête, vous ne croyez pas ?

Il voulait me faire lire son carnet, n'est-ce pas ? Eh bien, je l'ai fait et même davantage, puisque je l'ai photocopié et envoyé à un éditeur en secret, après l'avoir lu d'une traite la première nuit, quand je ne savais pas encore s'il survivrait.

La réponse vient d'arriver. Je n'ai pas ouvert la lettre, car elle est lui est adressée. Je vais la lui porter tantôt. J'espère que nous aurons une bonne surprise.

Croisons les doigts.

Jacqueline Dupontel – Saint-Julien l'Ars, 86800.

¹Terme occitan pour désigner une piste de transhumance, dans les montagnes du midi de la France.